망 한
공 원 에 서
만   나

망한
공원에서
만 나

오미경 소설

차례

첫 번째 이야기,

알을 품는 공원

창밖은 아직 어스름했다.

수하는 일어나 창문을 열었다. 교실 책상 크기의 작은 창으로 냉기가 훅 밀고 들어왔다. 발돋움해 창밖으로 얼굴을 내밀고 숨을 들이마셨다. 바짝 졸인 가슴 속으로 찬 공기가 스며들었다.

오늘도 보인다. 겉옷 없이 달랑 후드 티에 검은색 모자를 쓰고 달리는 남자. 둥근 가로등 불빛 아래를 지나 이내 어둠 속으로 사라졌다. 온몸을 꽁꽁 감싼 채 걷는 사람들 속에서 그는 유난히 도드라졌다.

오늘이 2월 며칠이던가? 2일? 3일?

창밖으로 보이는 곳의 정체가 궁금했다. 긴 철제 터널 옆으로 펼쳐진 지대가 높은 소나무 숲. 산책하는 사람들이 종종 눈에 띄는 것으로 보아 공원 같은데 둔덕 위 붉은 벽돌 단층집은 좀 생뚱맞았다.

새벽의 찬 공기 덕분에 밤새 꾼 악몽의 잔영이 조금 씻겼다. 꿈에서 누군가 목을 조르는데 엄마는 냉담한 얼굴로 지켜보고만 있었다. 아빠도 마찬가지였다. 악을 쓰며 소리치고 싶었지만, 소리가 나오지 않았다. 손가락 하나 까딱할 수도 없었다. 숨이 막혀 죽기 직전, 소스라치며 잠에서 깼다.

몸이 으슬으슬하니 추웠다. 수하는 창문을 닫았다.

벽지 위에 가득한 담뱃갑 크기의 마름모무늬가 수하를 에워쌌다. 병사들이 사방에서 방패에 몸을 숨긴 채 공격 태세를 갖추고 있었다. 정확히 말하면 세모 방이니까 사방이 아니라 '삼방'이다. 들쭉날쭉 어수선한 가구의 모서리들도 호시탐탐 수하를 노렸다. 수하는 적군의 포로가 된 것 같았다.

너희는 그냥 모서리일 뿐이야, 절대로 날 공격할 수 없어! 눈을 부릅뜨고 노려보았지만, 그들은 킬킬거리면서 비웃었다. 내게 왜 이런 일이 일어난 걸까? 대체 무슨 잘못을 한 걸까? 이게 악몽이라면…. 수하는 생각하고 또 생각했다.

3일 전, 차로 두 시간쯤 달려온 낯선 도시의 4층 건물. 현관 입구엔 녹슨 타원형 문패가 걸려 있었다. 스위트빌. 오래돼 보이는 누런 벽체며 건물 앞의 너저분한 쓰레기 더미, 낡은 자전거와 빈 화분들로 어지러운 현관…. 이름과는 달리 '스위트'한 것이라곤 눈을 씻고 봐도 없었다.

맨 위층인 수하네 집은 세모 방을 포함해 방이 두 개였다. 이 삿날, 엄마는 집 안으로 들어서더니 대성통곡하며 뒹굴었다. 현실을 부정하고 싶은 몸부림. 옹색한 집도 집이지만 수하는 엄마 모습에 더 난감했다. 그걸 지켜보는 딸 마음이 어떨지 털끝만큼이라도 생각했더라면….

아빠 사업이 망한 것은 수하에게 충격이었다. 좋은 집, 좋은 차, 넉넉한 용돈… 당연하게 주어지는 줄 알았던 것들이 일순간에 사라져 버렸다. 언젠가 본 동영상처럼 평평한 아스팔트 대로를 걷고 있는데 갑자기 땅이 꺼지고 길이 사라진 느낌이었다. 수하에게 집이 망한 것 이상으로 충격적이었던 건 엄마랑 아빠의 모습이었다. 그들은 서로에게 폭탄을 투하하기 바빠 파편에 맞아 피 흘리는 딸은 아랑곳하지 않았다.

길쭉한 세모 방이 수하 방이었다. 크건 작건 방은 네모여야 하는 게 아닌가. 수하는 두려웠다. 세모 방이 앞으로 수없이 일어날 균열의 상징 같아서.

가구를 들여놓은 수하 방은 기괴했다. 침대 모서리가 사선 벽면에 맞닿아 삼각형의 자투리 공간이 생겨났고, 침대 머리 옆에 나란히 있는 장롱과 사선 벽면에 놓인 책상 사이도 어지러웠다. 가구들 사이로 어수선하게 조각난 공간은 방이 네모여야 하는 이유를 명백하게 증명했다. 가구들이 들쑥날쑥한 방은 이게 최선인가 싶을 정도로 괴상했다. 사실 가구가 다 들어간 것만으로

도 기적이었다.

이삿짐 직원들이 떠나자마자 엄마랑 아빠는 영역 싸움을 벌이는 수컷 짐승들처럼 으르렁거리며 싸웠다. 이사 전 그토록 싸우고도 아직 서로에게 날릴 화살이 남아 있다는 게 신기했다.

수하는 이어폰을 꽂고 볼륨을 최대한으로 높였다. 부드럽게 어루만져 주는 듯한 카코포니 목소리가 귓속으로 파고들었다. 노래가 점점 고조되면서 그 목소리는 절규로 바뀌었다.

수하에게 카코포니를 알려 준 건 정인이었다. 정인이는 자신이 좋아하는 아티스트라는 말과 함께 노래 몇 곡을 들려주었다. 가사도 노래 분위기도 낯설고 기괴했다. 특히 〈두 개의 달〉이라는 노래에서 묘한 분위기의 스캣은 으스스하기까지 했다. 솔직한 느낌을 전하자 정인이는 쿡 하고 웃으면서 덤덤하게 말했다. 나도 처음엔 그랬어.

정인이. 떠올리기만 해도 가슴이 저리는 이름.

수하는 제법 큰 키를 빼고는 공부도 외모도 딱 중간치 정도의 평범한 중학생이었다. 그런데 2학년이 되면서 갑자기 인싸가 되었다. 누가 봐도 예쁘고 늘씬한 장혜주와 유세미, 함께 어울려 다니는 친구들 덕분이었다. 수하는 토요일엔 친구들과 함께 화장한 얼굴로 학원에 갔고, 서로 옷을 바꿔 입기도 했다. 텐션 높은 그들과 종일 어울려 놀다 집에 오면 녹초가 되었지만 그래도 즐거웠다.

정인이랑 친해지기 전까진 몰랐다. 그 애들이랑 어울리려 센 척, 화끈한 척, 쿨한 척, 온갖 척을 하느라 버거웠다는 것을. 수하는 자신이 친구들한테 휘둘리는 것 같다는 정인이 말을 처음엔 인정하고 싶지 않았다.

정인이랑 가까워진 것은 여름 방학을 며칠 앞둔 무렵이었다. 우연히 학교 앞 분식집에서 떡볶이를 먹으면서 이야기를 나누는데 신기하게도 비슷한 점이 많았다. 둘 다 MBTI가 INFP이고, 팝송이랑 발라드를 좋아하고, 매운 떡볶이를 좋아하고, 멍 때리기 잘하고, 은근히 구멍 많고….

정인이랑 있으면 편안해서 좋았다. 그냥 수하 자신이면 되니까. 정인이는 곧잘 사람들의 이미지를 자전거, 해바라기, 벽돌집, 홍학, 선인장 같은 것들에 빗대 표현하곤 했다. 그런데 신기하게도 그 느낌이 바로 전해졌다. 수하가 박장대소하며 격한 공감을 표현하면 정인이 눈은 기쁨으로 빛났다. 정인이는 수하가 처음이라고 했다. 전엔 그런 느낌을 공유할 수 있는 친구가 없어 외로웠다고 했다.

정인이는 감수성이 남다른 친구였다. 함께 미술 전시회에 간 적이 있는데, 정인이가 한 그림 앞에서 눈물을 흘려 당황한 적이 있었다. 멀리 수평선 가까이에 거뭇한 섬 하나가 있는 풍경화였다. 수하는 아무리 보아도 눈물을 흘릴 포인트를 찾을 수 없었다. 정인이는 다른 세상의 문을 여는 열쇠를 가지고 있는 듯했다. 수하는 정인이가 부러우면서도 그런 친구가 있다는 게 좋았다.

수하는 혜주랑 세미 앞에서는 정인이랑 친한 걸 티 낼 수 없었다. 그 애들은 정인이를 탐탁지 않게 여겼다. 촌스럽다는 게 이유였다. 수하는 화장실이나 급식실을 오가며 정인이랑 눈빛 언어를 주고받았고, 책 속이나 신발 안에 몰래 쪽지를 끼워 두기도 했다. 주말엔 둘이서 매운 떡볶이도 먹고, 무선 이어폰을 나눠 끼고 함께 카코포니 노래를 들었다. 만약에 혜주나 세미가 들려주었다면 안 좋아도 좋은 척했을 것이다. 그래야 뭘 모른다거나, 귀가 후지다거나 하는 소리를 피할 수 있으니까.

짜릿하고도 애틋했던 비밀 우정. 그러나 수하는 그것을 지켜내지 못했다. 혜주랑 세미가 둘 사이를 눈치챘고, 수하는 한순간에 배신자가 되었다. 그들에게만 그랬다면 얼마나 좋았을까.

어느 날, 반에서 아나바다 장터가 열렸다. 집에서 쓰지 않는 물건을 가져와 교환하는 것이었다. 제비뽑기로 순서를 정했는데 수하 차례가 왔을 땐, 공교롭게도 정인이랑 세미 것만 남았다. 빨간 머리 앤 그림이 있는 패브릭 파우치랑 하트 모양 그립톡. 세미는 눈짓으로 연신 그립톡을 가리켰고, 정인이도 수하에게 마음의 신호를 보냈다. 실로 난감한 우정 실험이었다.

수하는 망설이다 파우치를 집었다. 만약 상대가 세미가 아니었다면 망설일 이유조차 없었다. 세미 눈빛은 금방 싸늘해졌다.

우정 실험 결과는 잔혹했다. 세미랑 혜주는 은밀하게, 때로는 노골적으로 정인이를 갈구었다. 어휴! 촌스러워. 누가 촌뜨기 아니랄까 봐…. 주어가 빠져 있는 무수한 말들이 누굴 향한 것인지 수하도, 정인이도 알았다. 그러나 수하가 할 수 있는 것이라곤 정인이를 멀리하는 일뿐이었다.

혜주랑 세미는 수하에게 우정의 증명을 원했다. 2차 우정 실험. 그것은 유치하고 잔인했다. 그들은 교묘하게 정인이에게 덫을 놓았고, 열쇠는 수하에게 있었다. 수하에 의해 정인이의 결백이 입증될 수도, 정인이에게 도둑 누명을 씌울 수도 있었다.

수하는 정인이 손을 잡아 주지 못했다.

그리고 정인이를 잃었다. 영영.

우주의 빅뱅과도 같은 혼란이었다. 혜주랑 세미와의 관계는 이전과 같을 수 없었고, 그렇다고 그들에게서 벗어날 수도 없었다. 수하는 비굴한 자신 때문에 괴로웠다.

아빠의 사업이 망한 걸 안 것도 그즈음이었다. 정인이를 배신한 죗값을 받는 것만 같았다. 눈이 퉁퉁 붓도록 울고 난 뒤, 수하는 정인이와 함께 듣던 카코포니의 〈계속〉을 들었다. 들을 때마다 완전히 다른 노래 같았고 들을수록 빠져들었다. 수하는 엄마랑 아빠가 싸울 때마다 귀에 이어폰을 꽂았다. 절규하는 듯한 노래, 영혼을 파고드는 카코포니의 노래들을 듣고 있으면 가슴이 조금 트였다. 그리고 조금 덜 외로웠다. 절벽 앞에 홀로 서 있는데 누군가 곁에 있어 주는 듯한 느낌이었다.

수하는 화장실에 가려고 방문을 열었다. 술 냄새랑 담배 냄새가 코를 찔렀다. 주방이라고 해야 할까, 거실이라고 해야 할까? 온갖 짐으로 발 디딜 곳이 없는 그곳엔 아빠가 짐짝처럼 널브러져 있고, 작은 탁자 위엔 술병이 나뒹굴고 있었다. 수하를 달나라에도 보내 줄 수 있을 듯 든든하던 아빠였는데….

수하는 화장실로 가다가 굳게 닫힌 방문을 보았다. 엄마 생각을 하자 갑자기 몸에 한기가 돌았다.

엄마는 방을 동화 속의 공주 방처럼 꾸며 주고, 철마다 최신 유행하는 옷들을 입혀 주고, 가방이며 신발을 넘치게 사 주었다. 하나뿐인 딸을 예쁘게 꾸며 주는 게 낙이며 의무인 듯이. 이름난 학원들을 물색해 방과 후 시간표를 빼곡하게 채우는 것도 엄마 몫이었다. 그런데 돈이 자취를 감추자 엄마가 해 줄 수 있는 것들도 사라져 버렸다.

엄마 아빠 누구도 수하에게 집안 사정이 어떻게 된 건지 설명해 주지 않았다. 둘이 싸울 때 주워들은 파편들을 대강 끼워 맞춰 보면, 수하네 집은 있는 재산을 다 날리고 빚더미에 앉았다. 그야말로 폭삭 망한 것이었다.

아빠는 작은 식당으로 시작해 전국에 수많은 가맹점을 거느린 돼지고기 전문점 대표였다. 어릴 때 반지하 셋방살이를 전전해 가난이 지긋지긋했던 아빠는 돈을 많이 버는 것이 꿈이었다고 했다. 그러니 아빠는 꿈을 이룬 셈이었다.

요식업으로 큰돈을 움켜쥔 아빠는 부동산 업자의 꾐에 넘어가 부동산 개발업에 손을 댔다. 수도권에 땅을 사 빌라를 올렸는데 과욕이 그만 화를 불러오고 말았다. 성공의 신화는 길고 복잡했지만, 실패는 짧고 간결했다. 그 뒤로 엄마랑 아빠는 싸우는 것만이 수습책인 양 서로를 공격하기 바빴다.

이사 오기 전날 밤, 그날은 다른 날보다 싸움이 더 격했다. 수하가 싸움을 피해 집 밖에서 시간을 보내다 밤이 깊어서야 돌아와 현관 비밀번호를 누르려는데 안에서 거친 소리가 들려왔다.

"난 이렇게는 못 살아. 평생 빚더미에 눌린 채로 살 수 없다고. 우리 차라리 수하랑 같이 죽자. 셋이 죽어 버리면 모든 게 끝나잖아!"

"그래. 끝장내자. 다 같이 끝내 버리자고!"

엄마는 이성을 잃은 채 울부짖었고, 아빠도 모든 걸 포기한 듯 소리쳤다.

수하는 그날 밤 한숨도 자지 못했다.

이삿날 아침, 수하는 식탁에 놓인 우유를 싱크대에 몰래 버렸다. 차 안에서는 눈꺼풀이 무거운데 필사적으로 눈을 부릅떴다.

엄마와 아빠는 뿌리 없이 위태롭게 서 있는 나무였다. 수하는 이제부터 스스로 자신을 지켜야 했다.

화장실에서 나오는데 아빠 목소리가 들렸다.

"그래, 끝내자. 수하랑 같이…."

아빠는 똑같은 자세로 자고 있었다. 잠꼬대인 모양이었다.

수하는 이불을 가져다 아빠에게 덮어 주었다. 문득 가족의 환했던 모습이 그리웠다.

수하가 예닐곱 살 때, 반지하방에 살던 수하네 가족은 처음으로 2층에 세를 얻어 이사했다. 그날 저녁, 수하네 가족은 옥상에서 삼겹살을 구워 먹었다. 삼겹살을 굽던 아빠는 옆집, 주황색 지붕의 이층집을 가리키면서 조금만 더 기다리면 저런 집을 사겠노라고 했다. 수하는 엄마가 상추에 싸 준 삼겹살을 입에 넣고 엉덩이춤을 추었다. 엄마랑 아빠는 그런 수하를 보면서 머리 위 하늘처럼 얼굴이 붉어지도록 웃었다.

그런 날이 다시 올 수 있을까?

방으로 들어와 휴대폰을 보니 7시가 조금 넘었다. 혜주랑 세미가 함께 있는 단톡방엔 읽지 않은 톡이 100개를 넘어섰다.

정수하 왜 잠수 탐?

무슨 일 있어?

왜 톡을 안 봐?

죽은 거임?

너 뭐야?

열받네

18

톡은 점점 살벌해지더니 나중엔 온갖 분노의 이모티콘만이 난무했다.

방 안에 가득한 모서리들이 수하를 향해 달려들었다. 가슴이 두근거리면서 답답했다.

수하는 침대에서 내려와 창문을 열고 얼굴을 내밀었다.

후드 티에 검은 모자. 가로등 아래를 달리는 남자 입에서 하얀 입김이 피어올랐다.

며칠 뒤, 수하는 일어나자마자 현관을 살폈다. 오늘도 아빠 신발은 보이지 않았다.

수하는 패딩 점퍼를 걸친 뒤 집을 나섰다. 이사 온 지 일주일 만에 첫 외출이었다.

싸늘한 아침 공기가 옷 속으로 파고들었다. 점퍼에 달린 모자를 쓰고 주머니에 손을 찔러 넣었다. 해피하우스, 드림빌, 미소빌, 공원빌…. 비슷비슷한 철제 문패를 달고 있는 다세대 주택 골목을 빠져나와 큰길로 접어들었다.

수하는 큰길가 편의점 앞에 세워져 있는 손수레를 멍하니 바라보았다. 손수레 위에 높이 쌓인 상자들은 마치 공장에서 갓 나온 듯 각이 맞추어져 있었다.

편의점 앞에서 상자를 한아름 안고 일어서는 할머니가 보였다. 털모자를 쓰고 엉덩이까지 내려오는 누빔 조끼를 입은 모습은 한눈에 보아도 단정한 차림이었다.

할머니는 상자를 들고 손수레 위로 손을 뻗었다. 할머니 키는 작은데 상자 더미는 꽤 높았다.

"저, 도와드릴까요?"

할머니는 힐끗 돌아보더니 말했다.

"그럼 고맙지."

수하가 상자를 올리면서 상자 더미의 각이 흐트러지자 할머니가 미간을 찌푸렸다. 할머니는 까치발을 하고 각을 반듯하게 맞춘 뒤, 고무 끈을 가지런히 둘렀다. 모든 게 깔끔히 정돈된 뒤에야 미간의 주름이 펴졌다.

"학생, 고마워."

수하는 누글누글한 할머니 인사에 용기를 내 물었다.

"저, 할머니, 어차피 고물상에 가면 다 쏟아붓는 거 아니에요? 그럼 다 흐트러…."

"뭐 하러 살어? 어차피 나중에 죽을 걸!"

수하 말이 채 끝나기도 전에 할머니가 냅다 소리쳤다. 작은 체구와는 달리 목소리가 카랑카랑했다. 고맙다며 인사할 때와는 영 딴판이었다.

"아, 네, 죄송합니다."

수하는 도망치듯 자리를 떴다.

망 공원. 터널 입구의 벽돌 기둥에 쓰여 있는 금색 글자에 쓴 웃음이 절로 나왔다. 쫄딱 망해 이사 온 곳이 하필 망 공원 옆이라니!

아치형 철 구조물엔 가시만 앙상한 장미 넝쿨이 뒤덮여 있었다. 장미 터널을 조금 지나자 낯익은 풍경이 보였다. 소나무 숲으로 통하는 입구 양쪽에 서 있는 둥근 가로등. 오른쪽으로 고개를 돌리자 수하의 방 창문이 보였다.

밖에서 보니까 방이 세모인 까닭을 알 수 있었다. 스위트빌이 자리한 땅은 넓지 않은 데다 한쪽이 삐죽 튀어나와 있었다. 평수를 최대한 늘리려 땅 모양을 살려서 건물을 올린 것이었다.

가로등 불빛이 곳곳을 밝히고 있는 공원은 미스트를 뿌려 놓은 듯 뿌연 안개가 휘감고 있었다. 새들만이 안개 속에서 수선스럽게 움직이며 공원의 정적을 깨트렸다.

수하는 정체가 궁금했던 붉은 벽돌집부터 살폈다. 지대가 높은 곳에 자리한 그 건물의 정체는 노인 복지 회관이었다.

수하는 보도블록이 깔린 가운데 길을 따라 천천히 걸었다. 호국영령 기념탑을 지나자 정자가 나왔다. 그곳엔 맥주 캔, 과자 봉지, 먹다 남은 컵라면 등 온갖 쓰레기들이 널려 있었다.

정자 너머, 장미 터널 가까이 있는 벤치에 거뭇한 형체가 보였다. 자세히 보니 노숙자였다. 수하는 가슴이 덜컥 내려앉았다.

아빠는 집을 나가 3일째 돌아오지 않았다. 이웃집에서 몇 번이나 항의할 정도로 엄마랑 크게 싸운 뒤였다. 영영 끝나지 않을 듯하던 싸움이 비로소 멎었다.

수하는 떨리는 마음으로 노숙자에게 가까이 갔다. 아빠가 아니길 바라는 마음과 아빠이길 바라는 마음, 두 마음이 교차했다. 노숙자가 아빠라면 일단 아빠가 무사하다는 건 확인하는 셈이었다. 대신 참혹한 마음을 감당해야겠지만.

담요를 덮고 몸을 잔뜩 웅크린 채 누워 있는 사람은 머리가 희끗희끗했고 체구도 아빠보다 작았다. 안도감과 불안감이 뒤엉켰다. 아빠는 무사한 걸까?

보도블록 길 교차로에서 수하는 놀라 멈칫했다. 후드 티에 검은 모자. 가까이에서 보니 또래쯤 되어 보이는 그가 달려오면서 수하에게 손 인사를 했다. 뭐지? 아는 사람으로 착각한 걸까? 아니면 왕자병?

수하는 숲 사이사이로 난 작은 오솔길까지 천천히 걸으면서 공원을 구석구석 살폈다.

망 공원은 커다란 숲으로, 가운데 보도블록 길을 중심으로 크게 네 구역으로 나뉜다. 구역마다 주를 이루는 나무 종류가 달라서 분위기도 달랐다.

첫 번째 구역은 수하네 집이랑 가까운 곳으로, 듬성듬성한 소나무들 사이에 운동 기구들이 있다. 노인 복지 회관, 호국 영령 기념탑, 정자, 노숙자의 벤치가 있는 곳이다.

두 번째 구역은 소나무 숲이다. 그 옆엔 작은 광장이 있고 광장 가엔 철봉이 있다.

세 번째 구역은 단풍나무 동산으로, 터널을 이룬 단풍나무 오솔길이 예쁜 곳이다. 공원에서 가장 높은 곳인 동산 꼭대기엔 정자가 있다. 그곳에 서면 공원 밖 시가지가 훤히 보인다. 변두리 느낌이 물씬 나는 수하네 집 쪽과 달리 이곳은 고속버스 터미널이랑 백화점, 고층 아파트와 번듯한 상가들이 즐비하다.

네 번째 구역은 지대가 가장 낮은 곳으로 떡갈나무 숲이다. 바닥에 누런 가랑잎이 수북이 쌓여 있어 밟으면 바스락바스락 기분 좋은 소리가 난다. 이곳엔 공중화장실이랑 지역 문인의 시비가 있다.

세 번째랑 네 번째 구역 옆엔 야외 공연장이 딸린 큰 광장이 있다.

큰 광장이랑 작은 광장 사이엔 돌담이 둘러쳐져 있고, 그곳엔 초등학생들이 그린 그림 타일이 붙어 있다. 재미있는 그림이 많았는데, 특히 어느 그림 하나가 수하의 눈길을 사로잡았다. 파란 사다리 위에 올라 보름달에 그림을 그리는 여자아이 그림. 수하는 그 그림 앞에 한참 서 있었다. 그림에서 뿜어져 나오는 당찬 기백에 압도되어서였다.

안개 때문일까? 처음 본 공원은 비밀스러운 것들을 가득 품고 있는 듯한 느낌이었다.

공원 안팎을 모두 돌아본 뒤, 수하는 다시 소나무 숲으로 갔

다. 장미 터널 가까이에 점찍어 둔 곳이 있었기 때문이다. 능수벚
나무란 팻말이 붙은 나무 아래에 있는 나무 그루터기.

그루터기에 앉자 땅까지 드리워진 나뭇가지들이 동그랗게
감싸안으며 몸을 가려 주었다. 수하는 눈을 감고 숨을 깊게 들이
마신 뒤 천천히 내뱉었다. 숨통이 조금 트이는 것 같았다.

어젯밤, 한동안 잠잠하던 삼총사 단톡방에 알림음이 연달아
울렸다. 단톡방에서 나가고 애들을 차단해야겠다고 생각하는데
메인 화면 상단에 미리 보기 문자가 보였다.

정인이 자퇴했대.

머리를 세게 맞은 듯 한동안 멍했다. 수하는 정신을 차린 뒤
생각했다. 쇼일 거야. 잠수 탄 수하를 낚기 위한 거짓 쇼. 그런데
혜주가 전한 내용은 꽤 구체적이었다. 혜주 엄마가 정인이 엄마
랑 가까운 사람에게 직접 들은 거라고 했다.

수하는 밤새 시계를 거꾸로 돌렸다. 2차 우정 실험 시간으로
돌아가 주저 없이 정인이의 결백을 입증했다. 단단히 화가 난 혜
주랑 세미는 정인이에서 수하로 먹잇감을 바꾸었다. 수하는 괴
로웠지만, 죄책감은 티끌만큼도 없었다.

수하는 무릎에 얼굴을 묻었다. 정인이는 어떻게 지내고 있을
까? 혹시 나쁜 생각을 하는 건 아닐까? 머리가 쭈뼛 섰다. 등골이

오싹했다. 심장이 멎는 것 같았다. 수하는 전날 밤에 그랬던 것처럼 또 시계를 돌렸다. 학교 앞에서 정인이랑 떡볶이를 먹기 전으로. 나랑 같이 떡볶이 먹을래? 수하는 정인이에게 말을 건네지 않는다. 그리고 모르는 척 그냥 지나친다.

수하는 얼굴을 들었다. 갑자기 눈앞에서 하얀 뭉치가 솟아올랐다. 땅에 내려앉은 그것은 다시 솟구쳤다. 같은 모습이 연거푸 일어났다.

흰 그것은 작고, 집요하고, 날쌨다. 그것은 한동안 빠져 있던 것을 드디어 멈추었다. 그리고 수하를 빤히 보았다. 수하도 가만히 마주 보았다.

그것이 천천히 수하에게 다가왔다. 그리고 수하 주변을 맴돌았다. 뭐지? 우연일까? 그것이 수하 다리를 자꾸만 스쳤다. 우연이 아니었다. 가끔 수하 다리에 일부러 밀착시키는 게 느껴졌다.

심장이 쿵 했다.

수하는 그것에 단박에 매료되었다.

고양이가 고개를 들어 수하와 눈을 맞추었다. 자세히 보니 이마 언저리랑 꼬리는 갈색이었다. 수하는 조심조심 고양이의 목덜미랑 등을 만졌다. 작고 여린 생명이 손끝으로 느껴졌다. 수하는 고양이의 살갗이 아니라 심장을 만지고 있는 것만 같았다.

모모. 고양이의 앙증맞은 입을 보는 순간, 입술이 저절로 모아지며 이름이 튀어나왔다. 마치 아는 고양이를 부르듯이.

고양이는 올 때도 그랬던 것처럼 유유히 수하 곁을 떠났다.

언제부터 있었던 걸까? 멀리 소광장의 철봉에 누군가 거꾸로 매달려 있었다. 후드 티에 검은 모자. 그 아이다. 수하를 보고 있었을까? 철봉에서 수하가 있는 곳까지는 꽤 먼데도 괜히 얼굴이 달아올랐다. 비밀 일기장을 털린 듯한 느낌이었다.

조금 뒤, 후드 티가 몸을 일으키더니 높은 철봉으로 자리를 옮겼다. 그리고 묘기를 펼치기 시작했다. 눈으로 보면서도 믿기 어려운 광경이었다.

3월이 코앞인데 칼바람이 살을 도려내는 것 같았다. 연일 포근하던 끝이라 더 춥게 느껴졌다. 아침에 공원에 나가는 것은 수하의 루틴이 되었다. 수하는 매일 아침 눈뜨자마자 점퍼를 걸친 뒤 공원으로 갔다.

악몽을 꾸지 않는 날이 하루도 없었다. 밤새 혜주랑 세미에게 시달리거나 형체를 알 수 없는 것에 쫓겼다. 가끔 정인이가 꿈에 나오기도 했다. 꿈속에서라도 예전처럼 다정한 모습을 보고 싶었지만, 한 번도 그런 적이 없었다.

공원에 도착할 즈음 주머니 안의 핫 팩이 따뜻해졌다.

정자엔 오늘도 어지럽게 쓰레기들이 흩어져 있었다. 의자 위엔 국물이 담긴 컵라면 용기가 있었고, 바닥엔 찌그러진 맥주 캔이랑 나무젓가락, 비닐봉지들이 나뒹굴고 있었다. 그 위로 쓰레기들만큼이나 난잡한 소음이 들려오는 듯했다.

벤치엔 노숙자가 새우처럼 몸을 웅크린 채 자고 있었다. 여느 때 같으면 벤치 주변을 걷거나 다리 굽혔다 펴기를 하고 있을 시간이었다. 노숙자는 서성이면서 가끔 혼잣말을 하곤 했다.

"글러 먹었어. … 쓰레기들 같으니라고…. 다 요절을 내 버려야지. 천벌 받을 것들."

한번은 노숙자랑 눈이 마주친 적이 있었다. 적개심으로 가득 찬 눈빛에 수하는 몸이 저절로 움츠러들었다.

공원을 한 바퀴 돌고 왔을 때도 여전히 노숙자는 미동도 하지 않았다.

어젯밤엔 자다가 몇 번을 깼을 정도로 추웠다. 수하 방엔 보일러가 들어오지 않았다. 침대 위에 깐 전기장판도 웃풍을 막아주진 못했다.

노숙자가 괜찮은 걸까? 설마…? 갑자기 불안감이 엄습했다. 심장이 두근거렸다.

수하는 용기를 내 노숙자에게 다가갔다. 담요 위에 덮여 있는 뽁뽁이 비닐이 바르르 떨렸고, 간간이 앓는 소리도 들렸다. 수하는 가슴을 쓸어내렸다.

노숙자 위로 아빠 모습이 겹쳤다. 눈물이 나오려 했다.

주머니에 천 원짜리 두 장이 있었다. 수하는 곧장 편의점으로 달려갔다. 간간이 진눈깨비가 날리기 시작했다.

수하는 두유가 식을까 봐 주머니에 넣고 손으로 감싸 쥐었다. 그런데 오히려 두유가 핫 팩 역할을 해 손이 따스해졌다. 온장고에서 한방 음료랑 고민하다 고른 것이었다. 수하는 차가운 손 대신 핫 팩으로 두유를 감쌌다.

수하는 노숙자 머리맡에 두유랑 핫 팩을 두고 도망치듯 자리를 떴다. 나쁜 짓을 저지른 듯 가슴이 떨렸다.

수하는 큰길에 이르러서야 달리는 걸 멈추었다. 멈추고 나니까 뛸 때보다 가슴이 더 요동쳤다. 노숙자는 지금쯤 일어났을까? 핫 팩이 바닥에 떨어지진 않았을까? 값싼 동정에 화를 내진 않을까? 수하 마음은 여전히 노숙자 곁을 떠나지 못했다.

아침마다 만나는 망 공원은 늘 새로웠다. 갈 때마다 처음 보는 것들이 눈에 띄었다. 공원을 탐색하는 것은 수하의 유일한 낙이었고, 수하에게 공원은 산소 호흡기와도 같았다.

수하는 세모 방이 어둠에 잠기는 시간이 좋았다. 기세 좋던 모서리들이 힘을 잃는 시간. 공원과 만남이 가까워지는 시간.

공원은 매일 밤 알을 품었다. 그리고 새벽에 그 안에서 생명이 깨어났다. 능수벚나무 아래 나무 그루터기, 새의 깃털을 단 소나무, 고양이 모모랑 다른 고양이들…. 어쩌면 노숙자랑 후드 티아이도 공원에서 부화한 것인지도 모른다.

수하는 날마다 궁금했다. 오늘은 알에서 무엇이 깨어날지.

두 번째 이야기,

이온과 온리

이온은 철봉에 거꾸로 매달렸다. 머리 위로 나무들이 수초처럼 일렁였다. 이온은 그 사이로 새가 되어 날았다.

이온은 철봉에 매달려 있는 시간이 좋았다. 세상에 마법을 걸 수 있는 시간이었다.

처음 철봉에 매달렸을 때의 기억이 생생했다.

아빠가 돌아가시고 나서 얼마 뒤, 놀이터에서 혼자 놀고 있는데 친구가 놀이공원에 간다며 잔뜩 빼기면서 아빠 차를 타고 떠났다. 눈물이 났다.

이온은 무작정 달렸다. 한참 달리다 보니 아빠랑 가끔 오곤 했던 공원이었다. 아빠에게 두발자전거랑 인라인스케이트 타는 법을 배우고, 함께 철봉 운동을 하던 곳. 철봉에 거꾸로 매달리자 눈물이 이마를 타고 흘러 머리로 스며들었다. 눈물이 마를 즈음 하늘에 무지개가 떠올랐다. 이온은 그것이 하늘나라에서 아빠가 보내 준 선물이라고 믿었다.

그 뒤로 이온은 학교에서도, 집으로 돌아와서도 틈만 나면 혼자 철봉에서 놀았다. 웃고 떠드는 친구들 속에 있는 것보다 그게 더 좋았다. 철봉에 거꾸로 매달려 아빠가 보내 주는 선물을 찾았다. 이온은 아빠가 어느 별에서 바오바브나무를 가꾸고 있을 거라고 믿었다. 아빠는 커다란 솜사탕을 만들어 주기도 했고, 어느 땐 아빠가 가꾸고 있는 바오바브나무를 슬쩍 보여 주기도 했다. 마법의 시간이었다.

아빠는 이온에게 종종 마법 이야기를 들려주었다.

"세상은 가끔 마법을 걸어. 그런데 누구나 그걸 볼 수 있는 건 아니야."

"세상이 어떻게 마법을 걸어? 나도 보고 싶어."

"그건 말로 설명할 수 없어. 그런데 마법이 일어나면 알 수 있어. 내가 간절히 원했던 게 눈앞에 나타나니까. 마법은 간절히 원하는 사람에게 찾아오거든. 때로는 느닷없이 찾아오기도 해. 마음이 순수한 사람에게 선물처럼."

이온은 마법을 꼭 보고 싶었다.

아빠랑 둘이서 숲속에서 야영한 날, 마법이 일어났다. 텐트에서 잔 뒤 아침에 일어나 오줌을 누는데, 열 발짝쯤 떨어진 곳에 인디언 추장처럼 머리 깃이 위로 솟은 새가 있었다. 아빠에게 이야기를 들은 뒤로 꼭 한 번 보고 싶었던 새, 후투티가 분명했다. 텐트에 누워 후투티를 보게 해 달라고 기도한 뒤 잠들었는데 기적처럼 소원이 이루어진 것이었다.

　마법은 그 뒤로도 종종 일어났다. 안무가 풀리지 않아 끙끙거리고 있을 때면 신기하게도 뮤즈가 나타났다. 공원에서, 길거리에서, 텔레비전에서, 교실에서… 어딘가 숨어 있다가 은밀하게 힌트를 주었다. 한번은 구름 모양에서 아이디어를 얻은 적도 있었다. 그때의 짜릿함이란!

　이온은 중학생이 된 뒤로 매일 아침 공원을 달렸다. 공원 열 바퀴 돌기, 철봉에 거꾸로 매달리기, 몸의 열기가 식을 즈음 철봉 체조하기는 매일의 루틴이었다. 양팔로 철봉을 잡은 채 공중에서 상하 걷기, 좌우 걷기, 물구나무서기 등을 차례로 하고 나면 식었던 몸이 다시 후끈 달아올랐다. 딱딱한 철봉은 이온에게 고무줄처럼 느껴질 정도로 편안했다.

　철봉에 거꾸로 매달려 있다 일어서기 직전, 또 그 아이가 나타났다. 며칠 전부터 7시 반쯤이면 어김없이 모습을 보였다. 그 아이는 날마다 생각에 잠긴 모습으로 천천히 공원을 걸었다. 그리고 소나무 숲에서 고양이랑 놀다가 능수벚나무 아래에 한참 앉아 있었다. 그 아이를 처음 만난 날, 이온은 자신을 보고 멈칫하는 모습에 선배나 후배인가 싶어 손 인사를 건넸다. 그 아이 얼굴엔 그림자가 있었다. 이온은 그림자가 있는 사람의 표식을 금방 읽어 냈다. 아빠가 돌아가신 뒤로 생겨난 능력이었다.

이온은 거꾸로 매달린 채 그 아이가 철봉 가까이 오는 것을 지켜보았다. 고개를 두리번거리는 것으로 보아 녀석을 찾고 있는 게 분명했다. 녀석이 어제부터 보이지 않아 이온도 궁금하던 차였다. 녀석이랑 놀 때면 그 아이 얼굴에서 그늘이 사라지곤 했다.

그 아이는 철봉 옆, 수로 안을 기웃거렸다. 공원 가장자리에는 폭이 30센티미터쯤 되는 U자형 수로가 있었다.

그 아이 얼굴이 환해지는 동시에 수로에서 녀석이 뛰어나왔다.

"도도!"

이온은 철봉에서 몸을 돌려세우면서 녀석의 이름을 불렀다. 잘못 들은 걸까? 그 아이도 녀석을 도도라고 부른 것 같았다.

"어? 방금 도도라고 부른 거 맞아?"

이온은 깜짝 놀라 물었다.

"아니, 모모라고 했는데. 방금, 모모라고 하지 않았나?"

놀라긴 그 아이도 마찬가지인 듯했다.

"아니, 도도."

"아!"

둘 다 상대방이 자기가 부른 것과 같은 이름을 부른 줄 착각한 것이었다.

뻘쭘할 땐 긴급 해제경보 발동.

"내가 졌으니까 양보할게. 모모로 해."

그 아이는 영문을 몰라 눈을 동그랗게 뜨며 입을 뾰족 내밀었다.

"모모, 도도. 둘 중에 누가 이기겠어? 당근 모모지."

그 아이 입술은 더 뾰족해졌고 눈도 더 커졌다.

"하하! 도 개 걸 윷 모. 윷놀이 몰라?"

그 아이는 그제야 어이없다는 듯 피식 웃었다. 경계 해제다!

"모모 좋아하나 보네. 나도 좋아하는 책인데."

"아니, 그냥 이름을 모르니까. 이름을 모르면 모모 씨라고 하잖아. 작고 귀여운 입을 보자마자 튀어나왔어. 모모라고 말하려면 입이 작게 오므려지잖아."

"방금 너처럼?"

이온은 그 아이가 그랬던 것처럼 입을 뾰족 내밀었다.

그 아이는 겸연쩍은 듯 웃었다.

"모모, 잘 어울리네. 난 처음 봤을 때 도도해 보여서 도도라고 불렀는데."

모모가 그 아이 다리에 몸을 바싹 붙인 채 언저리를 맴돌았다. 그 아이는 앉아서 모모 머리를 쓸어 주며 웃었다.

"이쪽 귀가 잘렸어. 설마 누가 일부러 자른 건 아니겠지?"

그 아이는 모모의 왼쪽 귀를 가리키면서 미간을 찡그렸다.

"일부러 그런 거 맞아."

이온은 짐짓 심각한 얼굴로 말했다.

"누가? 말도 안 돼. 동물 학대 아냐?"

가만 보니 그 아이는 덫에 쉽게 걸려드는 유형이었다. 그건 놀리기 좋다는 뜻이다.

"음, 누구냐면 동물병원 수의사."

"수의사가? 왜?"

"왜긴? 경고하는 거지. 너, 절대 바람피우지 마!"

"말도 안 돼. 농담하지 말고!"

"하하하! 중성화 수술했다는 표시야. 길고양이가 너무 많아지면 안 되니까. 발정기가 되면 한밤중에도 울어 대서 시끄럽기도 하고."

"아!"

그 아이 곁을 맴돌던 모모가 갑자기 쏜살같이 몸을 날렸다. 사냥 놀이가 시작된 것이다. 모모는 몸을 낮춘 채 무언가를 노려보다가 다시 번개처럼 몸을 날렸다. 모모의 사냥 놀이는 언제 봐도 날렵하고 멋졌다.

한참 사냥 놀이를 하던 모모는 이번엔 제 꼬리를 잡으려 뱅글뱅글 돌았다. 날쌘 모모지만 늘 실패하는 놀이였다. 모모는 놀이에 싫증 났는지 장미 터널 쪽으로 유유히 걸어갔다.

그 아이는 어색하게 손 인사를 하고는 돌아섰다.

"서한중? 후배인가?"

그 아이가 다시 돌아섰다.

"이번에 전학 왔어. 3학년."

"아! 나도 3학년. 반가워. 난 이온이야."

"난 정수하. 성이 뭐야?"

"이온이라니까. 이가 성이야."

"아!"

"동급생은 아닌 것 같고, 날 알아보는 거 같아서 후배인가 했어. 서한중 다니면 선후배 할 거 없이 날 다 알거든."

"철봉 때문에 유명한가? 철봉 묘기 장난 아니던데."

"아니. 그보다 지분이 더 높은 게 있지."

또 입술 뾰족, 동공 확장.

"근데 이사 온 거야? 어디서?"

"서울."

수하 얼굴에 설핏 그림자가 스쳤다.

"아! 멀리서 왔네. 이 공원 좋지?"

"응. 맘에 들어. 근데 공원 이름은 좀…."

"공원 이름이 왜?"

"망 공원이 뭐야? 꼭 망한 공원 같잖아."

이온은 잠깐 어안이 벙벙하다 웃음이 빵 터졌다.

"하하하하! 망 공원이 아니라 희망 공원이야. 희, 망, 공, 원."

"어? 저기, 장미 터널 입구엔 망 공원이라고…."

이온은 갑자기 수하를 놀려 주고 싶었다. 유난히 놀리는 재미가 있는 아이들이 있는데 수하가 딱 그랬다.

"이 공원에 전해지는 괴담이 있는데, 밤이 되면 공원이 살아 움직인대. 나무들이 웃기도 하고 울기도 하는데 저기, 위로 쭉 뻗은 나무 보이지? 저기 하얗게 흘러내린 게 바로 눈물 자국이야."

이온은 소나무 숲 사이에 우뚝 솟은 스트로브잣나무를 가리켰다. 흰 줄 몇 개가 우듬지부터 길게 나 있었다. 송진이 흘러내려 하얗게 굳은 것이었다.

"뭐래? 그런 말은 초딩들한테도 안 먹히거든. 근데 신기하네. 공원에 나온 지 며칠 됐는데, 저 나무 오늘 처음 봐."

"난 이 공원에 몇 년째 오고 있는데 아직도 처음 보는 것들이 있어. 암튼 공원 이름 다시 확인해 봐. 잘못 본 거면 맹한 거 인정이다. 안녕! 내일 또 보자. 여기, 망한 공원에서."

이온은 손 인사를 한 뒤 달렸다.

어느덧 알바 시간이 가까워졌다. 알바 시간에 늦어 업주에게 걸리면 재미없다. 바로 알바비 삭감이다. 시간에 늦어도 할 일만 마치면 되지 않냐고 따져 보았지만 소용없었다. 작은 약속을 쉽게 생각하는 사람은 큰 약속도 저버리기 쉽다나 뭐라나? 아무튼, 융통성이라곤 눈곱만큼도 없는 악덕 업주다. 정해진 일 외에도 잡다한 심부름에 홈페이지 관리까지, 악착같이 부려 먹으면서….

이온은 광장 쪽으로 가지 않고 장미 터널 쪽으로 돌아갔다.

늘어진 장미 줄기가 앞 글자를 가리긴 했지만, 벽돌 기둥엔 희망 공원이라고 정확히 쓰여 있었다. 피식 웃음이 나왔다.

이온은 설레는 마음으로 청소를 시작했다. 청소기로 바닥 먼지를 빨아들인 다음, 물걸레로 창틀이며 탁자 위, 사물함 표면까지 깨끗이 닦았다. 물티슈로 닦으면 편할 텐데 원장은 환경 오염 어쩌고 하면서 못 쓰게 했다. 그리고 먼지가 조금만 보여도 꼬투리를 잡아 알바비를 깎으려 했다.

원장의 까탈도 까탈이지만, 이온 자신도 먼지가 남아 있는 것은 허용할 수 없었다. 곧 갖게 될 최고의 시간, 이 공간에서 부유하는 것은 오로지 자신뿐이어야 했다.

이온은 화장실 청소까지 모두 마친 뒤 음악을 틀었다. 언제나 그랬듯이 처음에는 느린 템포에 그루브가 느껴지는 음악으로 시작한다. 스피커에서 흘러나오는 리듬이 핏줄처럼 몸을 타고 흐른다. 리듬과 몸이 하나가 된다. 세상이 온통 자신으로 꽉 채워지는 느낌. 완벽한 일체감. 충만의 시간. 이 시간은 무엇과도 바꿀 수 없다.

빠른 음악으로 바뀐다. 마디마디 잘게 쪼개진 비트가 심장을 때린다. 에너지가 점점 차오른다. 빠른 비트에 관절들이 도미노처럼 차례로 깨어난다. 관절들은 제각각 움직이지만, 리듬을 이탈하지 않는다.

음악이 또 바뀐다. 비트는 더 빨라지고 이온의 숨도 더 거칠

어진다. 온몸에 땀이 흐른다. 뼈, 근육, 관절, 몸속 세포들이 서로에게 고생했다면서 보내는 박수 같다.

음악이 멈춘다. 숨을 고르는 동안, 어수선하게 흩어졌던 공기도 차분하게 제자리를 찾는다. 춤을 출 때도 좋지만, 추고 난 뒤이 정적의 시간이 좋다. 몸의 에너지를 다 쏟아 낸 뒤 다시 차오르는 시간. 새 숨, 새 피로 몸이 채워지는 느낌이다.

아빠가 돌아가시고 나서 이온은 다 싫었다. 엄마도, 친구들도, 자신의 슬픔을 이해하지 못하는 선생님도 싫었다. 아빠의 빈자리는 이온에게 너무도 컸다.

3학년 때 아빠랑 단둘이 캠핑 간 날, 아빠는 바오바브나무 이야기를 들려주었다. 엄마를 처음 만났을 때 이야기와 함께.

의대가 적성에 맞지 않아 방황하던 아빠는 아프리카로 여행을 떠났다. 중학교 때 읽은 《어린 왕자》에 나오는 바오바브나무가 문득 보고 싶어서였다.

"지구를 달굴 듯하던 태양이 기울자, 땅 위의 것들이 서서히 존재감을 잃어 가기 시작했어. 그런데 바오밥나무만은 달랐어. 노을 아래, 신전을 떠받치듯이 하늘을 향해 우뚝우뚝 서 있는 그들은 오히려 존재감이 더 빛났어. 바오밥나무들을 보고 있는데 가슴이 벅차오르면서 눈물이 흘렀어. 그때 아주 또렷한 음성이 들렸어. '네 마음이 움직이는 대로 가라!' 그 여행이 아빠 인생을 바꾸어 놓았어."

아프리카에서 돌아온 뒤 아빠는 의대를 자퇴했고 나무와 새에 빠져 지냈다. 환경 시민 단체에서 일하면서 방송통신대학에서 산림 환경 공부를 했다. 그리고 그때 엄마를 만났다.

"환경 축제 때, 엄마가 몸에 달라붙는 검은 티셔츠에 발목까지 오는 검정 치마를 입고 맨발로 춤을 추는데 심장이 멎는 줄 알았어. 마치 어느 별에서 지구로 불시착한 사람 같았어. 살은 없고 뼈만 도드라진 엄마 발은 세상에서 가장 순수하고 깨끗해 보였어. 미지의 땅에 처음 들여놓은 발. 아빤 저 여인이랑 결혼해서 발을 씻겨 주면 참 행복할 것 같다고 생각했어."

아빠는 부모님의 축복을 받지 못한 채 결혼식을 올렸다. 흰 원피스를 입고 들꽃 한 다발을 든 엄마와 함께 아주 오래된 토성에서. 축구장 열 개 정도 크기로, 일몰이 아름다워 사람들이 많이 찾는 곳이었다. 아빠와 엄마는 노을로 물든 성 위에서 등을 맞대고 선 뒤 반대쪽으로 걸어가 서로 만나는 곳에서 손가락에 반지를 끼워 주었다. 석양을 보러 온 사람들의 축복 속에서.

아빠는 나중에 함께 바오바브나무를 보러 가자면서 어린 왕자 이야기도 들려주었다. 아빠는 지구가 어린 왕자가 사는 별처럼 작지 않아 참 다행이라고 했다. 그러면 그토록 장엄하고 멋진 나무를 보지 못했을 테니까. 책에서는 바오바브나무가 작은 별을 집어삼키는 나쁜 나무로 나오지만, 바오바브나무는 생태계에 도움을 주는 고마운 나무라고 했다. 수많은 생명에게 둥지가 되

두 번째 이야기, 이온과 온리

고, 어마어마한 뿌리로 물을 저장해 건조한 땅을 보호하고, 엄청난 양의 이산화탄소를 빨아들여 지구 온난화를 막아 준다고. 이온은 그렇게 좋은 나무를 나쁜 나무로 만든 게 속상해서 그 이유를 물었다.

아빠는 그건 상징이라고 말해 주었다. 바오바브나무처럼 큰 나무도 아주 작은 싹에서 자라듯이, 마음속 나쁜 싹도 그렇다는 것을 보여 주기 위해 바오바브나무에게 악역을 맡긴 거라고. 이온은 그때 아빠에게 처음 들은 상징이란 말이 참 근사하게 느껴졌다.

아빠랑 둘이서 간 첫 번째 캠핑은 마지막 캠핑이 되었다. 얼마 뒤 새벽, 아빠는 생태 조사를 위해 숲으로 가는 길에 음주 운전 차량에 사고를 당했다. 그날 새벽, 아빠가 나가면서 입술에 뽀뽀해 줄 때 느낌은 아직도 생생했다. 까끌까끌한 턱, 두툼하고 따스한 입술, 살구 향 비누 냄새가 섞인 아빠 체취.

아빠가 돌아가시고 나서 한동안 넋 나간 듯했던 엄마는 이온을 이모에게 맡기고 인도로 떠났다. 이온은 엄마가 영영 돌아오지 않을까 봐 두려웠다. 한 달 만에 돌아온 엄마는 요가를 시작했다. 춤추던 엄마가 요가를 하는 모습은 낯설었다.

이온은 아빠가 없는데도 멀쩡히 지내는 엄마가 미웠다. 아빠가 가장 사랑했던 사람들을 서로 지켜 주면서 씩씩하게 살자, 그래야 하늘나라에 있는 아빠가 슬프지 않을 거야. 엄마 말은 다

거짓 같았다. 엄마가 위태해 보일 땐 엄마마저 잃을까 봐 불안했지만, 엄마가 떠나지 않을 거라는 안도감이 생기자 마음이 엇나가기 시작했다. 아빠가 없는데도 잘 지내는 건 아빠에 대한 배신행위 같았다.

아빠가 돌아가시고 1년쯤 뒤, 이온은 아무도 없는 강습실에서 홀로 춤추는 엄마를 보았다. 음악 때문이었을까, 격정적인 춤 때문이었을까. 몰래 엄마를 보고 있는데 느닷없이 눈물이 나왔다. 춤을 춘 뒤 엄마는 흐느껴 울었다. 그 순간, 이온은 자신이 부끄러웠고 엄마에게 미안했다. 엄마를 더없이 사랑한 아빠에게도.

얼마 뒤 강습실에 혼자 있게 된 날, 이온은 음악에 맞춰 몸을 움직여 보았다. 음악이랑 몸이 하나가 되는 느낌이 좋았다. 그날 이온은 온몸이 땀 범벅이 되도록 춤을 췄다. 속이 뻥 뚫리는 느낌이었다.

그 뒤로 이온은 틈날 때마다 춤을 추었다. 처음엔 혼자 추다가 나중엔 수강생들 속에 섞여 정식으로 춤을 배웠다. 현대 무용을 전공한 엄마는 정통 무용을 가르치면서 실용 댄스 강습도 병행했다. 이온은 학원에서 배우는 것만으로는 성에 차지 않아 유튜브로 춤을 익혔다. 영상을 닳도록 보았고 뼈가 부서져라 연습했다. 자려고 누워서도 천장을 무대로 춤을 추었다. 사람들은 이온에게 엄마 DNA를 그대로 물려받았다고 했다. 머리카락 한 올, 피 한 방울 없이 유전자 감식을 받은 셈이었다.

춤을 잘 추려면 유연성도 필요하지만, 체력이랑 근력이 받쳐 주어야 했다. 이온은 아침마다 공원을 달리면서 체력을 길렀고, 철봉 운동으로 근력을 키웠다. 팔이랑 어깨 근력이 좋아지면서 철봉에서 여러 묘기도 가능해졌다.

중학생이 되었을 때 이온은 힙합, 팝핀, 락킹, 크럼핑 등 웬만한 스트리트 댄스를 거의 섭렵했다. 이온은 엄마 학원에서 만난 친구 동재랑 민태, 우경이 누나랑 넷이서 '온리'라는 크루를 만들었다. 세상에 하나뿐인 색깔을 만들자는 뜻인데, 이온 이름을 거꾸로 한 것과도 같았다. 온리는 얼마 전 중학교 입학을 앞둔 준오가 합류해 다섯 명이 되었다. 비보이 준오는 브레이킹뿐만 아니라 춤이란 춤은 기차게 잘 추었다. 말수가 적은 준오는 종일 춤만 출 정도로 춤에 미친 아이였다.

이온은 학교에서도 춤 동아리를 만들었다. 교장 선생님은 춤을 불량한 학생들이 추는 것으로 오해하고 있었다. 이온은 세계 대회에서 석권해 이름을 날린 댄스 크루 영상을 넣어 PPT를 만들었고, 그 열정은 교장 선생님의 마음을 움직였다. 이온이 만든 춤 동아리는 학교 축제 때 인기 폭발이었다.

이온은 중학생이 된 뒤로 엄마 학원에서 청소 알바를 시작했다. 다른 아이들은 조건 없이 용돈을 받았지만, 이온은 알바를 하면서 한 달에 10만 원씩 용돈을 벌었다. 엄마 조원주 원장님은 청소가 조금이라도 미흡하면 치사하게 5,000원씩 깎았고, 어쩌다 청소를 못 하는 날엔 만 원을 깎았다. 하루 만 원이면 한 달에 최소한 20만 원은 줘야 하지 않냐고 따지자 엄마는 학원 수강료를 떼고 주는 거라고 했다. 그렇게 빡빡한 엄마가 얼마 전부터 노인 복지 회관에서 요가 봉사를 한다는 건 의외였다.

이온은 용돈을 아껴 쓰면서 남은 돈을 꼬박꼬박 저축했다. 나중에 아프리카 여행을 가기 위해서였다.

이온은 얼마 전부터 안무 창작에 부쩍 흥미를 느꼈다. 앨빈 에일리라는 전설적인 무용수가 창작한 〈계시〉라는 춤 공연 영상을 본 게 계기였다. 공연을 보는 내내 전류에 감전된 듯이 전율이 일었고, 영상을 다 보고 난 뒤에도 감동이 가시지 않았다. 몸으로 전하는 말이 그토록 강렬할 수 있다는 건 충격이었다. 이온은 영상을 보면서 공연 제목처럼 계시 같은 것을 느꼈다. 춤이 단순히 취미를 넘어서 자신의 인생 그 자체가 될지도 모른다는 느낌!

춤을 만드는 건 춤을 추는 것과는 또 다른 쾌감이 있었다. 춤을 출 때는 에너지를 발산하면서 카타르시스를 느낀다면, 안무를 만들 때는 창조적인 에너지를 모으는 희열이 있었다. 슬픔, 그리움, 방황, 두려움, 용기 등 춤에 감정을 넣는 건 가슴 뛰는 일이었다.

아침마다 찾는 공원은 춤으로 가득했다. 사냥 놀이 하는 고양이, 고개를 앞뒤로 움직이면서 걷는 비둘기, 바람을 타며 떨어지는 낙엽, 긴 꼬리로 반원을 그으며 나는 청설모, 사람들의 각기

다른 걸음….

이온은 자신이 창작한 안무를 무대에서 선보이고 싶었다. 얼마 전, 이온은 희망 공원 광장 옆을 달리다 배꼽 언저리부터 뻐근해지면서 가슴이 마구 벅차올랐다. 공원 광장에 있는 야외 공연장을 왜 진작 생각하지 못했을까? 간절하면 마법이 찾아온다던 아빠 말은 맞았다. 어쩌면 마법은 세상에 늘 있는 것인지도 모른다. 다만 그것을 알아보지 못하는 것일 뿐.

아침부터 흐리더니 오후에도 하늘엔 잿빛 구름이 가득했다. 토요일, 온리 첫 공연이 있는 날이었다.

3시가 가까워지자 온리 크루의 친구들이 하나둘 모여들기 시작했다. 사람들이 모여 있는 걸 보고 공원을 산책하던 어르신들도 무대 주변을 기웃거렸다.

이온은 가슴이 설렜다. 마지막으로 스피커 상태를 점검하고 음악을 체크하면서 사람들 사이를 살폈다. 멀리 수하가 광장으로 들어서는 게 보였다. 이온은 손을 흔들었다.

처음 순서는 빠른 비트에 맞춘 테크닉 위주의 역동적인 춤으로 시작했다. 준오의 현란한 비보잉이 시작되자 음악 사이로 사람들 소리가 섞여 들었다. 휘파람, 박수 소리, 탄성, 걱정 어린 탄식….

마지막 순서는 이온의 솔로 무대였다. 스피커에서 음악이 흘러나왔다. 〈Behind the clouds〉. 아빠를 그리면서 귀가 닳도록 듣던 노래였다.

이온은 리듬에 몸을 맡겼다. 음악이 외부에서 들리는 것이 아니라 몸에서 흘러나오는 느낌이었다. 핏줄을 타고 피가 흐르듯이 격정이 가슴에서 발끝으로, 손끝으로, 눈빛으로 번져 갔다. 춤을 추는 내내 가슴이 떨렸다. 춤을 모두 마쳤을 때 몸에서 커다란 응어리가 쑥 빠져나가는 느낌이 들었다.

문득, 오래전 엄마가 혼자 춤추고 난 뒤 울던 모습이 떠올랐다. 이온은 그제야 깨달았다. 아빠를 잃은 자신보다 엄마가 더 슬프고 힘들었다는 것을. 자신 때문에 애써 누르고 참았으리라는 것을.

수하랑 잠깐 눈이 마주쳤다. 이온의 눈이 젖어서일까? 수하의 눈에도 물기가 어려 있는 것 같았다. 수하는 급히 몸을 돌리더니 달아나듯이 광장 밖으로 걸어갔다. 이온이 이름을 불렀지만 돌아보지 않고 가 버렸다.

수하랑 동시에 자리를 뜨는 사람이 또 있었다. 돌아설 때 얼핏 본 모습이 낯익었다. 희수 누나? 모자 아래로 파란색 머리가 보였다. 일반 학교에서는 허용해 줄 리가 없을 텐데. 그림을 잘 그렸으니 예술고등학교에 간 걸까?

Behind the clouds. 음악이 주술을 건 듯이 구름 사이로 해가 얼굴을 내밀었다.

세 번째 이야기,

정숙 씨와 시인

새해 첫 새벽. 시곗바늘은 정확히 5시를 가리켰다. 참 신기한 일이었다. 매일 아침 눈 뜨고 시계를 보면 5시쯤이었다.

커튼을 젖히니 마당이 새하얬다. 정숙 씨 가슴이 발랑발랑 떨렸다. 정숙 씨는 머리를 한 묶음으로 묶은 뒤, 옷을 단단히 껴입고 터미널로 갔다.

대합실은 이른 시각인데도 사람들로 북적였다. 큰 여행 가방을 옆에 놓고 버스를 기다리는 사람들도 여럿 보였다. 대학생으로 보이는 젊은이들 몇, 그리고 가족 한 팀. 그들이 여행객이란 것은 가방뿐 아니라 설렘 어린 얼굴에도 묻어났다. 여권조차 없는 정숙 씨에겐 그들이 먼 별에서 온 사람들처럼 낯설었다.

터미널 매점은 일찍부터 불을 환히 밝히고 있었다. 매점 앞, 뽀얀 김이 피어오르는 호빵 기계 옆에 신문 진열대가 보였다. 그곳에서 H일보 한 부를 집어 드는 정숙 씨 손이 바르르 떨렸다.

정숙 씨는 신문을 품에 고이 안고 집으로 돌아왔다. 식탁 의자에 앉았다가 왠지 식탁에서 펼쳐 보는 건 예우가 아닐 것 같아 소파로 자리를 옮겼다. 정숙 씨는 떨리는 손으로 천천히 신문을 넘겼다. 얼른 확인하고 싶기도 했고, 최대한 늦추고도 싶었다.

몇 장을 넘기니 시가 보였다. 긴 제목이 먼저 눈에 들어왔고 이내 시인의 이름이 보였다. 기대하는 이름과 자음 하나 겹치지 않았다. 야속하리만치 숫자 하나 겹치지 않는 복권처럼. 자음 몇 개가 겹친다 한들 무슨 의미가 있으랴만.

지난 11월 14일, 정숙 씨는 그가 떠나고 나서야 그의 이름을 알았다. 책상 위 노란 서류 봉투 위엔 H일보 주소와 함께, 보내는 사람에 그의 이름 석 자가 정갈하게 적혀 있었다. 윤동철. 언젠가 그에게 이름을 물었을 때 철이라고 했다. 그래서 정숙 씨는 그때까지 그의 이름이 외자인 줄 알았다. 철, 소리가 뚝 끊기지 않고 혀끝에 살짝 남는 여운이 좋았다. 이름이 맑은 느낌이었다.

정숙 씨는 투명 테이프로 깔끔하게 봉한 봉투 안에 무엇이 들어 있을지 짐작이 갔다. 책상 위에 놓여 있던 만년필로 한 자 한 자 눌러쓴 시가 들어 있을 것이었다. 시를 잘 모르지만, 그의 시는 필경 아름다울 것이었다.

중학교 때, 국어 선생님은 시는 꽃봉오리가 피어나듯이, 상처가 곪아 터지듯이, 가슴 속에 고인 것이 기어이 터져 나오는 것이라고 했다. 그 말을 듣는 순간 왜 엄마가 떠올랐을까.

할머니가 노여움으로 푸르르 떨거나 아버지가 핏대를 높이면 엄마는 조용히 장독대로 가서 항아리들을 닦았다. 장독대는 매운 시집살이를 시키는 시어머니에, 가난으로 찌든 살림에 치여 어깨 한 번 못 펴고 사는 엄마의 유일한 피신처이자 안식처였다. 그곳에서는 엄마 얼굴이 샘물처럼 맑아졌다.

정숙 씨는 엄마를 떠올리며 시를 썼다.

장독대

엄마는 새벽마다 장독대에 정안수를 떠 놓고 빈다
식구들 복을 비느라 엄마 복은 챙길 틈이 없다

속상한 일이 있으면 엄마는 항아리들을 닦고 또 닦는다
장독이 빛날수록 엄마 얼굴에 낀 구름이 조금씩 걷힌다

엄마가 장독대 가에 가꾼 채송화, 봉숭아, 맨드라미
엄마가 피운 꽃들이 엄마 얼굴에 웃음꽃을 피운다

엄마의 절
엄마의 거울

엄마의 꽃밭

장독대!

국어 선생님은 입이 마르게 정숙 씨 시를 칭찬했다. 힘들고
지칠 때마다 그 칭찬을 떠올리면 조금 위로가 되곤 했다.

정숙 씨는 유골함을 안듯이, 그가 남긴 우편물을 안고 우체국
으로 달려갔다. 그리고 마음 졸이며 새해가 오기를 기다렸다.

지난해 새해 첫날, 그는 H일보 신춘문예에 실린 시를 읽어
주었다. 신춘문예. 그것이 매년 글 쓰는 사람들 가슴을 달뜨게 하
고 또 좌절케 한다는 것을 정숙 씨는 알고 있었다. 정숙 씨는 노
란 봉투를 우편으로 보내면서 알았다. 그가 매년 11월 그맘때면
우체국으로 갔으리란 것을. 그리고 설레는 마음으로 새해 첫 신
문을 펼쳐 들었을 거라는 것을. 실상 당선자에게는 신문에 발표
되기 전에 미리 통보가 가지만, 정숙 씨는 그것까지는 미처 헤아
리지 못했다.

정숙 씨는 바라는 이름이 아니어서 밀려오는 서운함을 누르
며 신문에 실린 시를 눈에 담았다. 〈나의 마을이 설원이 되는 동
안〉이라는 시는 금값이 올라 언니가 손금을 팔러 갔다는 언어유
희로 시작했다. 가난한 집에서 태어난 언니는 돈을 벌기 위해 일
찌감치 집을 떠났지만, 끝내 가난에서 벗어날 수 없었다. 결국 가
정은 산산조각 나고 가족들은 눈처럼 흩어졌다.

시를 읽고 나니 가슴이 아릿했다.

중학교를 겨우 졸업하던 해, 그해 금값이 어땠는지는 알 수 없으나 정숙 씨도 손금을 팔러 도시의 방적 공장으로 떠났다. 목화나 고치에서 섬유를 뽑아 실을 만드는 공장이었다. 그곳엔 일찌감치 손금을 팔러 고향을 떠나온 또래, 또는 언니와 동생들이 바글바글했다. 그들은 손금을 팔아 손에 쥔 돈을 집으로 보냈다.

정숙 씨는 교복을 입고 고등학교에 가는 소꿉친구 혜진이를 몰래 지켜보면서 눈물지었다. 가난한 형편에 중학교를 졸업한 것만도 쉽지 않은 일이었다. 딸을 내리 다섯 낳고 끝으로 아들 하나를 낳은 엄마는 정숙 씨 손에 중학교 졸업장을 쥐어 주느라 장독대를 닳도록 찾았을 것이다.

정숙 씨가 손금을 팔아 얻은 것은 쥐꼬리만큼의 월급이랑 공순이라는 꼬리표였다. 미숙이, 상옥이, 영순이, 명자…. 혜진이를 빼고는 동네 친구들 모두 제 이름을 잃고 공순이가 되었다. 사람들은 공순이들이 뽑아낸 실로 만든 옷을 입으면서 그들을 깔보았다. 농부들이 땀 흘려 농사지은 쌀로 배 채우면서 농사꾼을 멸시하는 격이었다.

정숙 씨는 공순이라는 꼬리표를 떼고 싶어서 열아홉에 공장을 나와 양장점에 취직했다. 돈 좀 있는 사람들은 양장점에서 옷을 맞추어 입던 시절이었다. 정숙 씨는 돈을 버는 대로 집으로 보냈고, 동생들은 그 돈으로 공부했다.

기성복에 밀려 양장 사업이 사양길로 접어들면서 정숙 씨가 다니던 양장점은 교복 맞춤점으로 바뀌었다. 봄 학기 개학을 앞두고는 화장실에 다녀올 시간이 없을 정도로 일이 바빠 정숙 씨는 방광염을 앓았다. 밤늦게까지 허리 한 번 펼 새 없이 재봉틀을 돌리느라 손가락마다 관절염이 생겼고, 허리 병, 손목 터널 증후군, 발가락이 돌아가는 소건막류라는 이상한 이름의 병까지 온갖 병을 달고 살았다.

막내를 대학까지 졸업시키고 나니 정숙 씨 나이 마흔. 동생들 공부시키느라 혼기를 놓쳐 독신으로 지냈다. 여자 나이 서른만 되어도 노처녀 소리를 듣던 때였다.

정숙 씨는 터미널 옆, 대형 상가 건물에 자그마한 점포를 얻어 '숙 길쌈'이라는 옷 수선집을 열었다. 돈을 차곡차곡 모아 목돈이 될 만하면 추수기에 알곡 털리듯 동생들에게 탈탈 털렸다. 남동생이 사업한다고 가져갔고, 여동생들도 애들 대학 등록금이 없다, 가게를 열어 보겠다, 징징 우는소리를 하며 돈을 뜯어 갔다. 그중 제일 골칫거리는 막내인 남동생이었다. 직장에 들어가면 1년을 못 버텼고, 하는 일마다 말아먹고는 기름 떨어진 자동차가 주유소를 찾듯이 정숙 씨를 찾아왔다.

쉰에 혼자된 엄마는 일흔다섯부터 조금씩 이상 증세를 보였다. 깔끔한 양반인데 집이 점점 어수선해졌고, 환갑 지나면서 먹기 시작한 당뇨 약이랑 고혈압 약을 때맞춰 챙겨 먹는 것조차 어려웠다. 엄마는 메모지마다 온갖 것을 적어 방바닥 가득 펼쳐 놓았지만, 달아나는 기억을 붙잡을 수 없었다.

엄마는 치매 판정을 받았고, 장독대도 엄마를 더는 지켜 줄 수 없었다. 돈 생기는 일엔 팔 걷어붙이고 앞으로 나서던 동생들은 온갖 핑계를 대면서 뒤로 빠졌다.

엄마를 모신 지 10년. 엄마가 돌아가신 뒤에도 맏이라는 멍에는 정숙 씨를 한사코 놓아주지 않았다. 부모님 제사까지 정숙 씨 차지였다. 남동생은 형편도 형편이지만 평생 부모와 누나들에게 받기만 해 알량한 책임감조차 없었다.

엄마가 떠난 뒤, 정숙 씨는 가슴이 텅 빈 듯 헛헛했고 본디 많지 않던 말수는 더 줄었다. 고질병인 방광염이랑 관절염뿐만 아니라 불면증도 정숙 씨를 괴롭혔다. 밤마다 잠이랑 사투를 벌이느라 하루하루가 형벌과도 같았다.

정숙 씨는 자신의 삶이 빈 껍데기 같아서 견딜 수가 없었다. 어린 나이에 돈을 벌어 동생들 학비를 댄 것도, 동생들이 손 벌릴 때마다 도와주었던 것도, 치매 걸린 엄마를 모신 것도, 맏이로서 압박감은 느꼈을지언정 정숙 씨 스스로 한 것이었다. 그런데 남는 것은 뼛속까지 시려 오는 외로움뿐이었다.

정숙 씨가 철 시인을 만난 건 그 무렵이었다.

정숙 씨 가게 옆에서 액세서리랑 소품들을 파는 최 여사는 정숙 씨에게 요가를 추천했다. 낯선 사람들을 만나는 게 쉽지 않았지만, 정숙 씨는 불면증에 도움이 된다는 말에 용기를 냈다.

정숙 씨는 최 여사가 시키는 대로 요가 매트를 사 들고 희망 공원에 있는 노인 복지 회관으로 갔다.

"손을 무릎 위에 편안하게 올려놓고 천천히 숨을 들이마시고 천천히 내쉬십시오. 들숨과 날숨, 내 숨에 집중하십시오. 숨을 내쉬면서 내 안에 있는 근심, 걱정, 번뇌도 모두 내려놓으십시오."

정숙 씨는 강사 말에 집중하면서 따라 했다. 자신의 몸에 이토록 열중한 적은 처음이었다.

한 달쯤 지났을 때 강습을 마친 강사가 정숙 씨에게 말했다.

"그동안 몸을 너무 돌보지 않으셨어요."

정숙 씨는 눈물을 겨우 참고 밖으로 나왔다.

공원에는 아침 햇살이 곱게 비치고 있었다. 정숙 씨는 솟구치는 감정을 주체할 수 없어 벤치에 털썩 주저앉았다. 눈물이 쏟아졌다.

정숙 씨는 세 살 때부터 언니였고, 누나였고, 맏이였다. 그리고 엄마가 치매 걸린 뒤로는 엄마의 엄마였다. 와락 서러움이 밀려왔다. 난생처음 자신에게 미안하다는 생각이 들었다. 눈물이 멈추지 않았다.

한참 만에 마음을 추스른 뒤, 눈물 닦은 손수건을 조몰락거리다가 고개를 들었다. 언제부터 있었던 걸까. 바로 앞 벤치에 누군가 앉아 있었다. 두툼한 국방색 점퍼를 걸치고 털실로 뜬 베레모를 쓴 남자는 환갑을 훌쩍 넘긴 듯 보였다.

　무안해 몸 둘 바를 모르는 정숙 씨에게 그 남자가 다가왔다. 정숙 씨는 놀라 몸을 움츠렸다.

　그는 미소 띤 얼굴로 손을 쑥 내밀었다. 손안에 작은 나무 인형이 있었다. 두 팔을 벌린 채 엉거주춤 몸을 앞으로 기울인 모습의 인형이었다. 짙은 밤색 얼굴은 윤기가 반들반들했다. 정숙 씨는 나중에 그것이 마로니에 열매라는 걸 알았다.

　인형의 뒷모습에 반전이 있었었다. 날개가 한쪽 등에만 달려 있었다.

　"수습 천사예요. 천사 후보생."

　정숙 씨가 의아해하는 것을 눈치챘는지 그가 해맑게 웃으며 말했다.

　정숙 씨 입에서 쿡 하고 웃음이 터져 나왔다.

　"성공했어요!"

　도대체 무엇이 성공했다는 걸까? 정숙 씨에게는 의문과 놀라움의 연속이었다.

　"웃었잖아요!"

　그가 환하게 웃었다. 박하 향이 입안에 가득 퍼지듯 기분 좋아지는 웃음이었다.

　그는 인형을 정숙 씨 손에 쥐여 주었다. 정숙 씨가 눈을 동그랗게 뜨자 그가 말했다.

"드리는 거예요. 인형 주인 같아서요. 얼굴에 천사라고 쓰여 있어요."

정숙 씨는 문득 정신을 바짝 차려야겠다고 생각했다. 인형이 라는 미끼 뒤에 무슨 꿍꿍이가 있을지 모를 일이었다. 별의별 사 기가 판을 치는 세상 아닌가.

그것이 철 시인과의 첫 만남이었다. 그 뒤로 공원에서 날마다 부딪쳤고, 정숙 씨의 경계심은 얼마 안 가 바로 풀어졌다.

철 시인을 만난 지 보름쯤 지난 어느 날이었다. 요가를 하고 나오는데 그가 만면에 웃음 띤 얼굴로 기다리고 있었다. 그는 오 랜 친구처럼 스스럼없었다.

"새가 되고 싶은 나무를 발견했어요."

어린아이들 입에서나 나올 법한 말에 정숙 씨는 얼떨떨했다.

그는 앞장서 소나무 숲 안쪽으로 성큼성큼 걸어가더니 어느 소나무 앞에 멈추었다. 날개를 펼친 듯이 가지가 둘로 갈라졌지 만, 호들갑 떨 정도로 별스럽진 않았다.

"이리 와서 이것 좀 보세요."

철 시인은 흥분한 얼굴로 손짓했다.

세상에! 두 갈래로 갈라진 가지엔 새털이 가득 꽂혀 있었다. 빛은 바랬지만, 작은 것부터 제법 긴 것까지 다양했다. 새의 잔털 들은 바람에 한들한들 나부끼고 있었다.

"나무가 날고 싶었나 봐요. 언젠가 우린 마법을 볼 수 있을지도 몰라요.”

철 시인은 손금을 팔러 가기 전으로 정숙 씨를 훌쩍 데리고 갔다. 장독대에서 유난히 맑았던 엄마는 영영 늙지 않을 것 같았고, 볕이 잘 들어 늘 밝고 따스했던 사랑채처럼 미래도 환할 줄 알았던 시절로.

“마법을 보고 싶네요. 나무가 훨훨 나는 마법을.”

정숙 씨 입에서 평소와 다른 언어가 흘러나왔다.

정숙 씨는 그 뒤로 새 깃털을 보면 주워 나무에 꽂았다. 깃털을 하나씩 꽂을 때마다 나무가 조금씩 가벼워지는 느낌이었다.

정숙 씨는 매일매일이 마법 같았다.

요가로 시작하는 하루. 자신만을 위한 시간을 가져 본 일이 없는 정숙 씨에게 요가를 하는 시간은 오롯이 자신에게 집중하는 시간이었다. 전신 거울에 비친 깡마른 몸을 보면서 정숙 씨는 종종 울컥했다. 처음엔 비쩍 마른 몸이 부끄러워 헐렁한 옷으로 감추기 바빴다. 그런데 뚱뚱하든 말랐든 구부정하든 자신의 몸을 그 자체로 사랑해야 한다는 강사 말에 용기를 얻어 몸에 붙는 티셔츠에 레깅스를 입고 요가를 했다.

누군가 뽀득뽀득 소리가 나도록 닦아 놓은 듯이 하루하루가 빛났다. 이렇게 행복했던 적이 있던가. 정숙 씨는 새로 태어난 느낌이었다.

날고 싶은 나무를 보고 얼마 뒤, 코끝이 쩽할 정도로 싸늘한

2월 어느 날이었다. 철 시인은 요가를 마치고 나오는 정숙 씨를 납치해 가듯이 떡갈나무 숲으로 데리고 갔다. 흡사 보물섬을 발견한 소년 같은 모습에 정숙 씨도 덩달아 설렜다.

철 시인은 떡갈나무 숲 가, 산사나무 아래에 멈춰 섰다. 외로이 서 있는 산사나무 빈 가지엔 빨간 열매가 듬성듬성 달려 있었다.

"정숙 씨를 위해 마련했어요."

철 시인은 공주에게 멋진 성을 소개하는 왕자와도 같이 손으로 우아한 곡선을 그리며 말했다.

"어머나! 세상에!"

바닥에 깔린 연둣빛 이끼, 그리고 그 위에 떨어진 산사나무 열매 위로 은빛 서리가 보석처럼 빛나고 있었다. 마치 연두색 카펫에 붉은 색실로 자수를 놓은 것 같았다.

철 시인은 만면에 웃음을 띤 채 한껏 우쭐하여 말했다.

"한번 만져 보세요."

정숙 씨는 살포시 이끼 위에 손바닥을 올렸다.

"차가운데 보드랍고 포근해요. 싸늘해 보이는 사람이 내민 따스한 손 같아요."

"정숙 씨가 방금 시를 썼어요."

철 시인이 정숙 씨를 따라 이끼 위에 나란히 손을 놓으며 말했다. 정숙 씨는 철 시인 말에 수줍게 웃었다.

얼마 뒤, 손을 떼자 이끼 위에 진초록색으로 손자국이 선명하게 남았다. 정숙 씨는 소녀처럼 소리쳤다.

"어머! 손자국이 예쁘게 찍혔어요."

"핸드 프린팅이네요. 할리우드 스타도 부럽지 않은걸요."

손을 떼었는데도 여전히 남아 있는 차갑고 포근한 느낌. 정숙 씨는 문득 삶도 그런 게 아닐까 싶었다. 차갑지만도 포근하지만도 않은, 그 둘이 공존하는 것.

봄이 오면서 공원은 첫사랑에 빠진 소녀처럼 날마다 생기가 더해졌다.

정숙 씨는 철 시인이 점심을 혼자 먹는다는 걸 안 뒤로 공원에서 도시락을 함께 먹었다. 누군가와 같이 밥을 먹는 것이 이렇게 큰 활력이 되는 것이었을까? 살면서 밥때가 기다려지는 건 처음이었다.

가을엔 붉은 터널, 단풍나무 숲에서 도시락을 먹었다. 바람이 불면 단풍나무 숲은 이내 바다로 변했다. 작고 붉은 꽃게들이 떼 지어 우르르 몰려가는 바닷가. 쏴아쏴아, 파도 소리도 들렸다.

점심을 먹고 나면 둘이서 마로니에 열매를 주웠다. 철 시인을 처음 만난 날, 그가 준 천사 인형의 머리로 쓰인 바로 그 열매. 광장 가엔 마로니에가 보초병처럼 둘러서 있었다.

마로니에 열매는 밤이랑 모양이 흡사하지만, 독성이 있어서 먹지는 못했다. 기름을 발라 놓은 듯 반들반들한 밤색 열매를 가만히 들여다보면 꼭 사람 얼굴 같았다. 표면의 결에 따라 얼굴 모습이 조금씩 달라 줍는 재미가 쏠쏠했다.

정숙 씨는 철 시인을 자주 만났지만, 그에 대해 아는 게 많지 않았다. 그가 왜 가족도 없이 옥탑방에 혼자 사는지, 전에 무슨 일을 했는지…. 나이는 정숙 씨보다 다섯 살쯤 위지만, 그것도 이야기를 나누던 중에 대략 어림잡은 것일 뿐이었다. 정숙 씨가 아는 것이라곤 그가 시집을 즐겨 보고, 종종 시를 쓰고, 취미로 나무 인형을 깎으며 지낸다는 것 정도였다.

그는 아이처럼 해맑았다. 그러나 정숙 씨는 그의 깊은 눈에서 맑게 가라앉은 비애를 느낄 수 있었다. 그래서 시를 쓰는 게 아닐까, 혼자 생각한 적도 있었다.

또한, 그는 늘 명쾌했다. 정숙 씨는 언젠가 그에게 가족 이야기를 한 적이 있었다. 늘 버겁기만 했던 가족. 이야기를 다 들은 그는 정숙 씨에게 치하의 말도, 섣부른 위로도 하지 않았다.

"누구에게든 내 자유를 빼앗기면 안 돼요."

그가 툭 던진 말 한마디는 정숙 씨 정수리를 쳤다.

왜 그때 어리석고 가엾은 당나귀 한 마리가 떠올랐을까. 남의 짐을 힘겹게 짊어진 채 먼 길을 쉬지도 않고 걷느라 정작 제 허리가 휘고, 발톱이 빠지고, 무릎이 꺾이는 줄도 모르는 당나귀. 제 짐을 떠맡긴 채 빈 몸으로 할랑할랑 걷는 당나귀들에게 자기 짐은 자기가 지라고 따끔하게 말했어야 했다.

정숙 씨는 그제야 허허로움과 외로움의 연유를 깨달았다. 정숙 씨 삶은 자유를 빼앗긴 삶이었다. 정숙 씨는 자유 없인 충만함도 없다는 것을 비로소 깨달았다.

철 시인과 함께 있으면 특별하지 않은 시간조차 특별해졌다. 가만히 벤치에 앉아 햇빛 받기, 솔 향기를 맡으면서 소나무 숲 걷기, 정자에 앉아 비 내리는 모습 바라보기….

지난 늦가을 유난히 햇살이 곱게 비치던 날, 그는 정숙 씨에게 잊을 수 없는 선물을 남겼다. 마치 세상을 떠날 걸 미리 알았던 것처럼.

점심때 보온 도시락을 들고 공원으로 들어서는데 그가 소광장에서 기다리고 있었다. 그는 정숙 씨에게 줄 선물을 준비했다면서 눈을 감으라고 했다.

눈을 감은 정숙 씨는 그의 손을 잡고 걸었다. 크리스마스 선물 상자를 열기 전 아이처럼 가슴이 설렜다.

단풍나무 숲의 오솔길이 시작되는 곳쯤에서 멈춘 그는 정숙 씨 어깨를 잡고 몸을 돌렸다. 눈을 떠 보니 앞에 커다란 마대가 보였다. 가로등에 기대어 있는 마대 위엔 붉은 단풍잎이 여러 장 붙어 있었다. 처음엔 몰랐는데 그것은 글씨였다. 정숙.

"붉은 내 마음을 가득 담았는데, 주소를 몰라서 부치지 못했어요."

철 시인은 공원 관리인을 도와 자신이 직접 빗자루로 단풍잎을 쓸어 마대에 모았다고 했다.

살면서 이토록 낭만적인 선물을 받아 본 적이 있던가? 처음엔 웃음이, 나중엔 눈물이 나왔다. 정숙 씨는 토라진 사람처럼 등을 돌린 채 얼굴을 손에 묻고 울었다.

정숙 씨는 종종 생각했다. 신이 자신을 가여이 여겨 그를 선물로 보내 준 게 아닐까 하고. 철 시인이 정숙 씨 곁에 머무른, 2년이 채 안 되는 시간은 매일이 선물이었다. 그는 정숙 씨에게 세상이라는 무대의 조명을 켜는 법을 알려 주었다. 불을 켜지 않으면 무대에서 아무리 신비로운 마법이 펼쳐져도 어두운 그림자만 보일 뿐이었다.

붉은 마음을 선물하고 얼마 뒤, 그는 홀연히 세상을 떠났다. 심장마비였다.

동화 속 마법이 끝나 버렸다.

초여름 어느 날, 맛있는 도시락에 대한 보답으로 차를 대접하겠다면서 그가 정숙 씨를 초대한 적이 있었다. 소박하지만 아름다운 그의 옥탑방으로.

가파른 계단 위 옥상에 들어서자 향긋한 박하 향이 반겨 주었다. 집 앞엔 붉은 제라늄 화분이 놓여 있었다. 여러 개의 나무 상자에선 쑥갓, 고추, 토마토 등이 정겹게 자라고 있었고, 한곳엔 박하가 한가득 심겨 있었다. 손끝으로 잎을 흔들자 박하 향이 진동했다. 그러고 보니 그에게서 가끔 박하 향이 났던 것 같았다.

집 안의 살림살이들은 단출하니 깔끔했다. 곳곳에 나무 인형들은 무심히 놓여 있는 듯했지만, 꼭 그 자리와 어울렸다.

정숙 씨는 파라솔 아래에서 그가 손수 만든 박하 차를 마셨다. 정숙 씨가 돌아갈 때 그는 불면증에 좋다면서 박하 차와 함께 작은 박하 화분을 선물로 주었다.

점심때가 되었는데 철 시인이 공원에 나타나지 않았다. 정숙 씨는 그의 옥탑방으로 달려갔다. 불안한 마음에 자꾸만 다리가 허청거렸다. 아침에도 함께 산책했는데 설마….

정숙 씨가 옥탑방으로 달려갔을 때 철 시인은 의식을 잃은 채 텃밭 옆에 쓰러져 있었다. 119에 연락해 병원으로 옮겼지만, 그는 깨어나지 못했다.

그는 정숙 씨에게 거짓말처럼 왔다가 거짓말처럼 갔다. 잠깐 달콤한 꿈을 꾼 걸까? 그를 다시 볼 수 없다는 사실이 믿기지 않았고, 슬픔을 억누를 수 없었다.

한 사람이 갔지만, 정숙 씨는 여러 사람을 잃었다. 멋진 친구를 잃었고, 다정한 오라비를 잃었고, 지혜로운 스승을 잃었고, 다채로운 예술가를 잃었다. 그의 삶은 그 자체로 예술이었다.

정숙 씨는 또한 거울을 잃었다. 그를 만나기 전엔 자신이 웃음이 많은 줄 몰랐다. 소녀 같은 감수성이 있는 줄도 몰랐다. 그는 정숙 씨를 환하게 비추어 주는 거울이었다.

그가 떠나자마자 찾아온 겨울은 영영 끝나지 않을 것처럼 길고도 길었다.

20년 같은 두 달이 지나고 2월이 왔다. 그가 가장 좋아하는 달. 그래서 덩달아 정숙 씨도 좋아하게 된 2월. 그는 2월의 차가운 바람이 좋다고 했다. 멀리서 빈 들판을 달려온 바람은 차지만 그 안에 봄이 담겨 있다고 했다. 그 말을 들었을 때 차가우면서도 포근했던 이끼의 감촉이 떠올랐다.

2월 첫날, 꿈에 그가 찾아왔다. 형체 없이 목소리만. 그는 정숙 씨 귀에 바짝 대고 아주 밝고 다정하게 인사를 했다. 아침에 일어나서도 방금 들은 것처럼 목소리가 선명했다. 그날 종일 귓가에 여음이 쟁쟁했다. 방금 새가 떠난 나뭇가지에 파르르 이는 진동처럼.

그는 여전히 가까이 있었다. 모습은 볼 수 없지만 늘 곁에 있다는 걸 일깨워 주려고 목소리만 다녀간 걸까.

정숙 씨는 가게에서 점심을 먹고 공원에 갔다. 그가 떠난 뒤 처음으로. 공원도 그와 함께 숨이 멎어 버린 걸까. 찬란했던 공원은 빛을 잃은 듯했다.

정숙 씨는 벤치에 앉았다. 그를 처음 만난 그 벤치에. 그가 앉아 있던 건너편 벤치에 햇살이 곱게 내려앉았다. 그의 웃음처럼 환하고 따스한 햇살이었다.

갑자기 어디에서 나타난 걸까? 털빛이 하얀 고양이가 정숙 씨 발밑에 있었다. 정숙 씨는 흠칫 놀라 발을 뒤로 뺐다. 고양이는 정숙 씨 앞에 쪼그리고 앉아 정숙 씨를 빤히 보았다. 정숙 씨도 가만히 고양이를 마주 보았다. 마치 다른 세상의 생명체를 보고 있는 듯한 느낌이었다.

고양이는 일어서더니 뒷다리를 쭉 뻗으며 몸을 늘였다. 그러고는 정숙 씨 다리에 제 몸을 쓱 스치면서 지나가길 반복했다. 정숙 씨는 몸을 숙여 고양이 머리를 살며시 쓸었다. 고양이는 갸르릉거리며 이따금 정숙 씨를 올려다보았다.

"이쁜아! 어쩜 이렇게 이쁘니?"

정숙 씨는 살면서 단 한 번도 고양이를 예쁘다고 생각한 적이 없었다. 새벽길이나 밤길을 걸을 때 아무 데서나 길고양이가 불쑥불쑥 나타나면 소스라치게 놀랐다. 아기 울음소리 같은 울음도 기분 나빴다. 불면증으로 신경이 날카로운데 발정 난 고양이들이 한밤중에 울어 대면 소름 끼치도록 싫었다.

고양이가 갑자기 몸을 웅크린 채 앞을 노려보았다. 그러더니 몸을 날려 잔디밭으로 돌진했다. 표적에 집중하는 눈빛, 날렵하면서도 유려한 점프, 착지와 동시에 목표물을 앞발로 움켜잡는 모습. 아름다웠다. 고양이는 사냥 놀이를 마친 뒤 유유히 소나무 숲으로 사라졌다. 갑자기 몸에 전율이 일었다.

문득 철 시인의 삶도 사냥 놀이 같다는 생각이 들었다. 고양이가 사냥 놀이를 하듯이, 그는 살아 있는 순간에 집중했다. 그렇게 세상에 깃든 아름다움을 찾다가 유유히 떠났다. 마치 다른 세상으로 소풍을 떠나듯이.

정숙 씨는 공원을 둘러보았다. 그는 어디에도 없었지만, 어느 곳에나 있었다. 그는 여전히 존재하고 있었다. 마로니에에, 의자에, 떡갈나무 숲에, 단풍나무 오솔길에, 따사로운 햇살에, 기분 좋은 바람에….

세상의 빛이 꺼진 줄 알았는데 세상은 여전히 빛나고 있었다. 세상엔 보석 같은 시와 마법이 곳곳에 숨어 있을 터였다. 스위치를 켜고 그것들을 찾아야 했다.

정숙 씨는 자신의 삶이 실패했다고 생각하면서 살았다. 남들처럼 제때 학교를 다니지 못했고, 좋은 남자를 만나 가정을 꾸리지도 못했고, 그렇다고 재산을 축적하지도 못한 실패자. 그러나 실패자라면 정작 이유는 다른 데 있었다. 자신의 몸과 마음을 살피지 않고, 삶을 살뜰히 가꾸지 못한 것.

정숙 씨는 다시 요가를 시작했고 시 쓰기 강좌에 등록했다.

철 시인이 세상을 떠난 날, 그날이 되면 정숙 씨는 시가 담긴 노란 봉투를 안고 우체국으로 갈 것이다. 그것이야말로 그를 가장 그답게 추모하는 방법이리라.

"내가 원하는 걸 용케 찾아냈군요!"

바람결에 명랑한 그의 목소리가 스쳤다. 박하 향 나는 환한 웃음과 함께.

네 번째 이야기,
  공주와 여러 이름의 고양이

밖엔 바람이 불고 진눈깨비가 내리고 있었다. 공주는 부랴부랴 롱 패딩 점퍼를 걸친 뒤 우산을 쓰고 공원으로 갔다. 두툼한 패딩 점퍼도 여리고 마른 몸피를 다 가려 주진 못했다.

오늘도 엘프 집은 장미 터널 옆에 처박혀 있었다. 밥그릇이랑 물그릇도 그 옆에 나뒹굴었다. 처음 집이 엎어져 있었을 때는 바람 탓이려니 했다. 그런데 계속 같은 일이 생기는 걸 보면 누군가 악의로 그러는 게 분명했다. 도대체 누구 소행일까?

공주는 집을 주워 능수벗나무 옆 수풀이 우거진 곳에 가져다 놓았다. 공주는 부글부글 끓는 속을 달래며 주머니에서 쪽지랑 테이프를 꺼냈다. 우산을 겨드랑이에 고정한 뒤 쪽지를 붙이는데 우산이 바람에 홀러덩 날아갔다.

공주는 부랴부랴 우산을 잡으러 달려갔다. 그런데 약 올리기라도 하듯이 우산은 잡으려고 하면 날아가길 반복했다. 벤치 뒤에서 우산을 가까스로 잡는데 와락 서러움이 밀려왔다. 누군가 자신을 조롱하기라도 하는 걸까? 가끔은 악마가 저주를 내린 게 아닌가 하는 생각마저 들곤 했다. 그렇지 않고서야….

우산을 집어 쓰고 돌아가려는데 낮은 신음이 들렸다. 놀라서 돌아보니 벤치에 노숙자가 자고 있었다. 담요 위에 뽁뽁이 비닐을 덮고 몸을 잔뜩 웅크린 채. 공주는 무서워 종종걸음으로 자리를 떴다.

공주는 겨우 엘프 집 위에 쪽지를 붙였다. 날이 좋을 때 하면 수월하겠지만 지체할 수 없었다. 공주는 어릴 때부터 원하는 게 있으면 당장 손에 쥐어야 했다. 그렇지 않으면 그걸 얻을 때까지 발버둥 치면서 울었다.

우리 엘프에게 제발 싸구려 사료 좀 먹이지 마세요.

앞으로 엘프한테 신경 꺼 주세요.

그리고 엘프 집 함부로 건드리지 마세요.

기물 손괴죄로 신고할 거예요.

다시 한번 경고하는데 엘프 집 건드리지 마세욧!

– 엘프 집사 –

공주는 한바탕 퍼붓고 싶은 말을 쪽지에 적었다.

공주가 쪽지를 붙이느라 씨름하는 동안, 엘프는 비를 피해 누더기 집에 있었다.

"엘프! 누나가 예쁜 집 가져다줬는데 왜 거기 있어? 이리 와. 응?"

공주가 손을 내밀었지만, 엘프는 꼼짝하지 않고 공주를 빤히 바라보았다.

"이리 오라고. 엘프! 누나 말 들어야지, 응?"

공주는 엘프를 안아 새집으로 옮겨 주었다. 그러나 엘프는 다시 누더기 집으로 돌아갔다. 공주는 속상한 마음에 눈물이 날 것 같았다.

얼마 전 부슬비가 내리던 날, 공주는 '비치나 피부과'를 나와 희망 공원으로 달려갔다. 엘프가 길고양이가 되었다니! 엘프에 대한 걱정과 분노로 공주는 제정신이 아니었다.

공주는 광장을 지나 공원 안으로 들어섰다. 집에서 그리 멀지 않은 곳인데도 그곳에 공원이 있다는 사실조차 몰랐다.

떡갈나무 숲, 단풍나무 숲, 노인 복지 회관 앞, 광장 옆 철쭉나무 숲, 시비 옆, 공원 곳곳에 고양이 집들이 눈에 띄었다. 나무, PVC 판, 스티로폼 등 재질도 모양도 각양각색이었다. 그런데 그 어디에도 엘프는 보이지 않았다.

마지막으로 소나무 숲을 살폈다. 숲 끝, 무더기로 우거진 관

목 앞에 고양이 집이 보였다. 그곳에 엘프가 있었다.

"엘프! 잘 있었어? 우리 엘프 많이 컸네. 누나가 얼마나 걱정했다고."

공주는 엘프를 두 손으로 덥석 안았다. 처음엔 경계하는 듯하던 엘프는 공주 가슴에 머리를 비볐다. 그러더니 손가락을 지그시 깨물었다.

공주는 눈물이 왈칵 쏟아졌다.

"엘프, 보고 싶었어. 너도 누나 보고 싶었지?"

공주는 그래서는 안 된다는 것도 잊고 엘프 얼굴에 뺨을 댔다. 6개월 만에 엘프를 만난 것이었다. 길고양이가 된 엘프를 영영 만나지 못할 수도 있었다. 만약 그렇게 된다면 자신이 무슨 짓을 저지를지 몰랐다. 공주에게 엘프는 그만큼 소중했다.

공주 품에서 벗어난 엘프는 다시 누더기 집으로 쏙 들어갔다. 초록색 테이프로 꽁꽁 싸맨 두툼한 종이 상자 안에 든 스티로폼 상자. 그 안엔 칙칙한 헌 옷이 깔려 있었고, 장판을 덧대 만든 처마 아래엔 플라스틱 배달 음식 용기가 놓여 있었다. 그 안엔 건식 사료와 물이 담겨 있었다. 공주는 엘프에게 늘 캔에 든 습식 사료를 먹이고 간식으로 츄르를 주었는데, 거지꼴이 된 엘프를 보니 마음이 찢어지는 것 같았다. 엘프를 당장 집으로 데려가고 싶었지만 그럴 수도 없는 노릇이었다.

공주는 그날로 당장 고양이 집을 샀다. 고양이 모양의 분홍색 플라스틱 집이었다. 두툼한 털 방석도 깔아 주고, 고양이 그림이 있는 예쁜 밥그릇이랑 물그릇도 사서 놓아 주었다. 그런데 엘프는 공주가 마련해 준 집을 외면했다. 더 열받는 건 엘프 집이 매번 나동그라져 있는 것이었다. 누더기 집은 멀쩡한 걸 보면 그 거지 같은 집을 가져다 놓은 사람 소행이 분명했다.

공주는 엘프를 새집으로 옮겨 준 뒤 누더기 집을 발로 차 버렸다. 그리고 엘프가 좋아하는 참치랑 연어가 혼합된 캔을 따 그릇에 부어 주었다.

사료를 깨끗이 먹어 치운 엘프는 다시 밖으로 나와 나무 아래에 쪼그리고 앉았다.

"엘프, 누나 속상하게 왜 그래? 집이 맘에 안 들어? 다른 걸로 바꿔 줄까?"

공주는 서운한 마음에 울컥했다.

"이쁜아! 밤에 안 추웠어?"

그때, 갑자기 뒤에서 목소리가 들렸다. 뒤돌아보니 엄마 나이 쯤 되어 보이는 아주머니가 서 있었다. 공주가 발로 차 버린 누 더기 집을 가슴에 안고서.

"이쁜이라니요? 그딴 촌스러운 이름으로 부르지 마세요. 얘 는 이름이 있단 말이에요."

공주는 화가 폭발해 소리쳤다.

"어머! 미안해요. 고양이가 하도 예뻐서 입에서 나오는 대로 불렀는데. 이름이 뭐예요? 혹시, 모모? 학생들이 그렇게 부르는 거 같던데."

"앤 엘프예요. 제 고양이란 말이에요."

"아! 엘프! 그러고 보니 점심때 오는 아가씨들이 그렇게 불렀던 것 같네요. 아가씨 고양인가 봐요. 어쩐지 듬뿍 사랑받고 자란 티가 난다 했어요."

아주머니는 배시시 웃으면서 말했다.

"그 누더기 집, 아줌마가 가져다 놓은 거예요?"

"맞아요. 밤에 추울 거 같아서 가져다 놨는데 고맙게도 이쁜 이가, 아니 엘프랬지요? 미안해요. 입에 붙어서 그만…. 여기서 아주 잘 지내지 뭐예요?"

"그 거지 같은 집, 당장 치우세요! 그리고, 아줌마 맞죠? 우리 엘프 집 맨날 엎어 놓는 사람. 이 거지 같은 집 버림받을까 봐 그런 거잖아요. 누가 모를 줄 알고?"

공주는 아주머니가 안고 있는 누더기 집을 잡아채 바닥에 내동댕이쳤다.

"어머나! 말도 안 돼. 내가 왜 그런 짓을 해요? 아무 데서나 잘 지내면 좋지요. 어머, 세상에! 양말이라면 속을 뒤집어 보이겠지만 그럴 수도 없고…."

놀라 잠시 멍하니 있던 아주머니는 말을 쏟아 냈다. 아주머니 얼굴은 금세 울상이 되었다.

"그럼 그건 멀쩡한데 왜 이거만 맨날 엎어져 있냐고요? 암튼 당장 치워 주세요. 우리 엘프가 그런 거지 같은 집에서 지내는 거 싫단 말이에요."

"아, 알았어요. 치울게요. 아가씨, 너무 마음 쓰지 말아요. 주인 없는 고양인 줄 알고 오며 가며 보살핀 건데, 마음 상했다면 미안해요."

아주머니는 미간을 찡그리며 말했다. 언짢아서라기보다 미안해서인 듯했다.

공주는 앞에 있는 사람이 악해 보이기는커녕 너무 선해 보여서 더 화가 났다. 이 모든 상황이 거지 같아 견딜 수 없었다.

공주는 복잡한 마음을 이기지 못해 맨바닥에 발길질을 했다.

"아가씨! 너무 노여워하지 말아요. 몸 상해요. 몸도 약해 보이는데…."

아주머니는 주섬주섬 밥그릇이랑 물그릇을 챙겨 누더기 집을 품에 안고 갔다.

우산 때문에 아주머니 거동이 불편해 보였지만 알 바 아니었다. 어차피 몇 발짝만 가면 쓰레기통도 있으니까.

"아가씨, 저기… 아니에요."

아주머니는 공주를 돌아보면서 무슨 말인가 하려다 말고는 다시 돌아섰다.

아주머니가 소나무 숲을 반쯤 지났을 때였다.

"제가 들어 드릴게요."

철봉에 매달려 있던 남학생이 쪼르르 달려가 고양이 집을 냉큼 채 갔다.

남학생은 고양이 집을 안고 성큼성큼 소광장 가에 있는 분리수거 함으로 갔다.

"이거 여기 버리면 되지요?"

"아이고! 아니에요!"

아주머니는 깜짝 놀라 달려가 남학생 옷깃을 잡았다.

"집으로 가져갈 거예요. 이쁜이 체온이 채 가시지도 않았는데…."

"아, 그럼 제가 댁까지 가져다드릴게요."

"아이고! 아니에요. 괜찮아요. 학생, 정말 고마워요."

아주머니는 손사래를 치며 고양이 집을 받아 안았다.

아주머니는 우산을 든 채 불편한 모습으로 고양이 집을 안고 공원을 빠져나갔다.

공주는 멀리서 그 뒷모습을 지켜보았다. 알 수 없는 서러움이 복받쳤다.

어디서부터 잘못된 걸까? 엘프를 피부과 간호사들에게 맡긴 게 잘못이었을까? 아니면 훨씬 그 이전? 무언가 꼬여도 단단히 꼬인 듯했다.

공주는 어렸을 때부터 아토피 피부염을 심하게 앓았다. 온몸을 긁어 피가 맺혔고, 그곳은 검게 변했다가 우툴두툴 경화되길 반복했다. 유치원 친구들은 그런 공주를 가까이하려 하지 않았다. 부모님은 딸의 피부염을 고치려 양방, 한방 가리지 않고 유명한 병원이랑 이름난 온천은 다 찾아다녔고, 식이요법에 민간요법까지 안 해 본 것이 없었다.

무엇이 적중했던 건지 몰라도 아토피 피부염은 성인이 되면서 잦아들었다. 그러던 중 고양이를 키우면서 피부병이 극심하게 도져 검사해 보니 고양이 알레르기 반응이 나왔다. 집 안에서 고양이를 키우면 안 된다는 의사 말에 공주는 한참 울었다. 왜 자신에게는 한낱 고양이조차 허락되지 않는 걸까? 악마의 저주를 떠올리지 않을 수 없었다.

공주는 부모님이 결혼하고 10년 만에 어렵게 얻은 딸이었다. 부모님은 마흔이 넘어서 얻은 딸 이름을 공주라고 짓고 금이야 옥이야 공주처럼 키웠다. 공주는 학교를 걸어서 오간 적이 손에 꼽을 정도였고, 친구네 집에 놀러 간 것도 마찬가지였다. 부모님에게 집 밖은 언제 무슨 일을 당할지 모르는 위험한 곳이었다. 대신 집 안에서는 딸이 원하는 거라면 뭐든지 손에 쥐여 주었다.

인형에 관심이 떨어질 즘, 공주는 레고 블록에 빠졌다. 공주는 레고 블록으로 놀이공원, 성, 공원 같은 것들을 만들면서 집 안에서만 지내는 갑갑함을 해소했다. 원하는 게 제대로 안 되면 다 부숴 버리곤 했는데, 아침에 일어나 보면 머리맡에 엄마 아빠가 밤을 꼬박 새워 완성한 것이 놓여 있었다.

공주는 레고 블록으로 만든 것들을 실제로 만들어 보고 싶었다. 그래서 건축과를 가고 싶었지만, 고루한 사고방식을 가지고 있는 부모님은 여자가 힘들게 무슨 건축과냐며 반대했다. 공주 고집은 부모님을 늘 이겼지만, 대학 진학 문제만큼은 완강한 부모님의 뜻을 꺾을 수 없었다. 공주는 자포자기 심정으로 지역 대학의 식품가공학과에 진학했다. 부모님 속박에서 벗어나고 싶었지만, 타지 대학 진학 역시 꿈도 꾸지 못할 일이었다.

부모님이 오냐오냐하며 키운 데다 아토피 피부염으로 공주는 매사 예민하고 까칠했다. 공주에게는 '싸가지', '얼음 마녀' 같은 별명이 늘 따라다녔고, 당연히 친구 사귀기도 쉽지 않아 언제나 외톨이였다. 공주는 자기가 다른 애들을 따돌렸다고 생각했지만, 명백히 왕따를 당한 것이었다. 오래도록 몸에 밴 외톨이 생활은 그다지 불편할 것도 없었다. 공주에게 친구는 오히려 성가신 존재일 뿐이었다.

대학생이 되었을 때, 동급생 선후배 할 것 없이 스스럼없이 어울리는 친구들이 처음으로 부러웠다. 자신을 제외하고는 모두 유쾌하고, 털털하고 성격이 좋아 보였다.

대학교 졸업 뒤, 공주는 부모님 족쇄에서 벗어나기로 마음먹었다. 수없이 고배를 마신 끝에 서울의 가공식품 회사에 취업하며 마침내 소원을 이루게 되었다.

공주가 엘프를 키운 건 취업하기 얼마 전부터였다. 마음 나눌 친구 하나 없는 공주에게 엘프는 특별한 존재였다. 누구랑 치대 본 적이 없어 강아지는 너무 부담스러웠고 적당히 거리를 두는 고양이가 딱이었다.

엘프를 키우면서 모처럼 행복했는데…. 피부과 의사의 경고 가 아니더라도 공주 자신이 괴로워 견딜 수가 없었다. 아토피 피 부염이 도져 아침에 눈떠 보면 속옷 여기저기에 검붉은 핏자국 이 나 있었다.

고양이를 키우지 말라는 권고를 듣고 진료실을 나온 뒤, 공주 는 속상해서 울었다. 취업해 옮기는 거처로 엘프를 데려갈 수도 없고, 부모님에게 맡기고 떠날 수도 없었다. 엄마도 고양이 알레 르기가 있는 데다 아빠는 고양이를 극도로 싫어했다. 공주의 사 정을 들은 간호사들은 병원에서 엘프를 맡겠다고 했다. 가끔 병 원에 올 때마다 엘프를 볼 수 있는 데다 간호사들도 믿음이 가서 더없이 좋은 대안이었다. 병원에는 이미 접수대를 점령한 채 간 호사들 사랑을 듬뿍 받는 검은 고양이, 네로가 있었다.

엘프가 길고양이가 되었다는 소식을 들었을 때, 공주는 병원 에서 울며불며 한바탕 소동을 벌였다. 격한 감정이 어느 정도 가 라앉고서야 간호사들 이야기가 귀에 들어왔다.

엘프는 간호사들이랑 병원을 찾아오는 손님들에게 귀여움을 흠뻑 받았다. 그런데 먼저 있던 고양이 네로가 텃세를 부리며 엘프를 괴롭혔다. 열린 문틈으로 한번 나간 엘프는 자꾸 밖으로 나돌았다. 데려다 놓으면 어느 틈에 또 나갔고 결국 공원에서 살게 된 것이었다. 노심초사하던 간호사들은 공원에서 엘프를 정성껏 보살펴 주는 사람들 덕분에 차차 마음을 놓았고, 네로에게 시달리는 것보다 차라리 그게 낫겠다고 생각했다. 엘프에게 무슨 일이 생기면 언제든 데려올 생각이었고, 걱정할까 봐 연락을 못 했다면서 공주에게 사과했다.

공주는 엘프가 누더기 집에서 지내고 있어 마음이 몹시 상한 데다, 자신이 가져다 놓은 집이 번번이 엎어져 있어 몹시 화가 났다. 누구에게든 화풀이하고 싶던 차에 누더기 집 주인을 만난 것이었다. 그런데 그깟 쓰레기 같은 것을 보물인 양 끌어안고 가는 모습을 보니 마음이 편치 않았다. 엘프를 이쁜이라고 부르는 게 거슬리긴 했지만, 그렇게 화낼 일은 아니었다. 잘 돌봐 줘서 고맙다고 인사는 못 할망정 너무 야멸차게 굴었다는 자각이 뒤늦게 밀려왔지만, 이미 엎질러진 물이었다.

공주는 정신적으로나 육체적으로나 지쳐 있었다. 신경도 바늘 끝처럼 예민해져 있던 터였다.

첫 직장 생활은 녹록지 않았다. 다른 입사 동기들은 팀에 자연스럽게 스며들었는데 혼자만 겉돌았다. 상사가 업무 지시를 내리거나 잘못을 지적하면 유연하게 처신하는 동기들에 반해, 공주는 고장 난 로봇처럼 늘 버벅거렸다. 학창 시절엔 몰랐지만 좋은 성격은 곧 능력이었다.

병아리 신입 사원이 업무 능력 외에 필수로 장착해야 할 것은 눈치와 센스였다. 타인에 대한 신경 스위치를 끈 채 살아온 공주에게 그런 게 있을 리 만무했다. 아무리 눈치가 없다지만 자신 때문에 당혹스러워하는 상사나 동료들 눈빛만은 알아챌 수 있었다. 상사들과 함께 밥을 먹으러 가면 공주는 숟가락이랑 젓가락을 자기 것만 놓았다. 사람들이 그 모습을 뜨악한 표정으로 바라본다는 것조차 나중에야 알았다.

눈치 없는 애, 싸가지 없는 애, 입사한 지 얼마 되지 않아 공주가 얻은 꼬리표였다. 눈치는 센스 문제고 싸가지는 인격 문제인데, 사람들은 둘을 하나로 엮었다. 이러나저러나 공주에게 없는 건 사실이었다.

공주는 공감 능력이 많이 떨어졌다. 공감과 능력. 전엔 실크와 양철의 조합만큼이나 이질감이 느껴지는 둘을 함께 쓰는 게 이해되지 않았다. 공감 능력이란 말은 타인에게 공감할 수 있는지 여부를 말하는 것이지만, 인간관계나 조직 사회에서 공감은 그 자체로 능력이 되기도 했다. 감정은 이성보다 훨씬 즉각적이고 융통성이 있어서 공감하는 사람은 많은 것을 얻어 낼 수 있었다. 우선 사람 마음을 얻었고, 그로써 얻을 수 있는 것들이 부가적으로 따라왔다. 공주에게는 손톱만큼도 해당되지 않는 얘기였다.

임공주. 공주는 직원들 사이에서 자신 이름이 희화화되고 있다는 것을 입사하고 한참 뒤에야 알았다. 화장실이나 탕비실에서 "공주잖아!" 하는 말이 종종 들렸는데, 그 말 뒤에는 낮은 웃음소리나 한숨이 뒤따랐다.

형제가 있었더라면 괜찮았을까? 부모님이 쉽게 자신을 얻었더라면 문제가 없었을까? 부모님이랑 싸워 대학을 멀리 갔더라면…?

직장 생활의 어려움은 공주에게 존재의 의문으로 이어졌다. 난 세상에 왜 태어난 걸까? 하물며 바닷가 모래알도 빛나는데…. 공주는 처음으로 자신을 깊숙이 들여다보았다. 그것은 두려운 일이었지만, 언제까지나 회피할 수도 없는 노릇이었다.

과도한 스트레스로 아토피 피부염이랑 소화 불량이 극심해졌고, 갑상선에도 문제가 생겼다. 입사한 지 반년 만에 휴직계를 낼 수밖에 없었다. 피골이 상접한 공주는 부모님에게 끌려 집으로 돌아왔다.

엘프는 공주에게 마지막 보루와도 같았다. 모두 등을 돌려도 엘프만은…. 그런데 엘프마저 자신을 거부하는 듯한 모습에 공주는 슬픔을 넘어서 두려움을 느꼈다.

공주는 이쁜이 아주머니가 시야에서 사라져 보이지 않을 때까지 우두커니 서 있었다.

사흘째 엘프가 보이지 않았다.

엘프는 평소 소나무 숲이랑 그 앞 소광장을 벗어나지 않았다. 혹시 몰라 공원 전체를 샅샅이 찾아보았지만, 그 어디에도 없었다. 바닥에 하얀 게 보여 달려가 보면 비닐봉지나 신문지였다. 처참한 모습의 엘프를 보게 될까 봐 두려운 마음을 억누르면서 공원 주변 쓰레기통도 모두 살펴보았다. 비치나 피부과에도 가보았지만, 그곳엔 얼씬도 하지 않았다고 했다.

공원엔 엘프 말고도 고양이들이 대여섯 마리 있었다. 얼굴이 납작한 누런 고양이, 누런 줄무늬 고양이, 검은 바탕에 흰색 무늬가 섞여 있는 고양이…. 이따금 무법자라 불리는 덩치 큰 회색 줄무늬 고양이가 나타나 공원을 휘젓고 다니면서 깽판을 놓기도 했다. 다른 고양이가 눈에 띄면 하악질을 해 댔고, 곳곳을 누비며 먹이를 먹고는 밥그릇을 엎어 놓기도 했다. 무법자가 나타나면 다른 고양이들은 슬금슬금 피했다. 엘프도 무법자가 보이면 쏜살같이 수로 안으로 숨곤 했다.

공주는 엘프를 찾아다니면서 자신처럼 애타게 엘프를 찾는 사람들이 많다는 것을 알게 되었다. 중학생쯤 되어 보이는 여자아이와 남자아이, 낡은 자전거를 끌고 점심때마다 고양이들에게 간식을 주는 할아버지…. 그들이 엘프를 부르는 이름은 모모, 번개, 구름이 등 제각각이었다. 처음엔 사람들이 엘프에게 관심을 보이는 것조차 달갑지 않았지만, 엘프가 사라진 뒤로는 그들이 위안이 되었다.

네 번째 이야기, 공주와 여러 이름의 고양이

오늘도 그 아주머니는 나타나지 않았다. 엘프를 이쁜이라고 부르는 사람. 누더기 집을 안고 간 바로 그다음 날 엘프가 사라졌다. 우연의 일치라고 하기에는 참으로 공교로웠다. 누더기 집을 안고 갈 때부터 엘프를 데려가려는 꿍꿍이가 있었던 게 분명했다.

다음 날 아침. 공주가 소광장을 지나 소나무 숲으로 들어설 때였다. 엘프 집 앞에 머리를 한 갈래로 묶은 여자가 쪼그리고 앉아 있었다. 그 사람이었다. 고양이를 훔쳐 간 것도 모자라 뻔뻔하게 엘프의 집까지?

공주는 달려가 그 아주머니 옷깃을 부여잡고 소리쳤다.

"우리 엘프 어딨어요? 엘프를 데려가고 뻔뻔스럽게 이제 집까지 훔쳐 가려고? 마귀할멈 같으니라고! 당신, 기물 손괴죄랑 절도죄로 고소할 거야!"

"무, 무슨 소리예요? 엘프를 데려가다니요?"

아주머니는 놀라 발발 떨었다. 현장에서 딱 걸렸으니 놀라는 게 당연했다.

"나랑 당장 경찰서로 가요. 정신적 피해 보상도 청구할 거니까 각오 단단히 하는 게 좋을 거예요. 내가 잠도 못 자고 얼마나 걱정했는데…."

"이쁜이가… 아이고! 미안해요. 자꾸 입에 붙어서…. 엘프가 없어졌어요? 안 그래도 안 보여서 이상하다 하고 있었는데."

"가증스럽게 거짓말하지 말아요. 그 거지 같은 집 가져갈 때부터 다 계획했던 거잖아요."

"아가씨, 내가 독감에 걸려 며칠 앓아누웠어요. 어제까지 기침이 심해서 꼼짝도 못 하다가 오늘 좀 나아져서, 콜록콜록…."

"웃기지 말아요. 누가 속을 줄 알고? 어디서 새빨간 거짓말을…."

"아가씨, 좀 진정하고 내 말 좀 들어 봐요. 내가 왜 엘프를 데려가요? 그날도 아가씨 보고 나서 얼마나 맘이 짠했는데. 아가씨가 짠해서 잠도 못 잤어요. 맘이 얼마나 여리면 고양이 때문에 그렇게 애를 태우나 해서…."

맘이 얼마나 여리면, 그 말이 명치에 쿡 박혔다. 살면서 한 번도 들어 보지 못한 말이었다. 까칠하다, 이기적이다, 싸가지 없다, 안하무인이다 같은 말들만 따라다녔지 그 누구도 맘이 여리다고 말해 준 사람은 없었다.

옷깃을 잡은 공주 손이 스르르 풀렸다. 놀란 기색이 가라앉은 이쁜이 아주머니는 측은한 눈으로 공주를 바라보았다.

공주는 어떻게 수습해야 할지 난감했다. 가속 페달을 너무 세게 밟아 버려 급브레이크를 밟고 후진할 수도 없었다.

"내가 의심을 안 하게 생겼냐고요? 그날 뒤로 엘프도 사라지고, 아줌마도 안 보이고…. 뭐, 그렇다고 아직 의심이 다 풀린 건 아니에요."

참 졸렬했다. 그냥 죄송하다고 해야 했다.

공주는 매사에 그랬다. 어긋난 걸 알면서도 직진했다. 가끔 그런 자신이 한심하고 창피했지만, 애써 외면했다. 될 대로 되라지, 사람들은 어차피 날 안 좋게 보는데 뭘…. 회피와 합리화. 그렇게 보낸 시간은 차곡차곡 쌓였다. 그리고 그것은 자신을 위협하는 덫이 되었다.

공주는 쌩하니 돌아섰다.

"아가씨, 너무 걱정 말아요. 엘프, 무사히 돌아올 거예요."

공주는 잔뜩 골난 어린애처럼 발을 쿵쿵 구르며 자리를 떴다.

이쁜이 아주머니를 만난 다음 날 아침, 공주는 울적한 마음으로 소나무 숲을 걸었다. 사냥 놀이를 하는 엘프 모습이 환영처럼 보였다. 엘프가 너무도 보고 싶어 눈물이 났다.

공주는 눈물을 훔친 뒤 무심코 고개를 들었다. 흐린 눈으로 능수벚나무가 들어왔는데, 높은 가지 위에 흰 비닐봉지가 걸려 있었다. 맙소사! 다시 보니 그것은 엘프였다. 공주는 달려가 엘프를 불렀다.

엘프는 어떻게 올라갔나 싶을 정도로 높은 곳에 앉아 꼼짝하지 않았다.

나무 아래에 사람들이 하나둘 몰려들었다. 엘프는 레드 카펫에서 포즈를 취하는 배우처럼 도도한 모습으로 사람들의 눈길을 한 몸에 받았다.

공주는 한참 만에야 나무에서 내려온 엘프를 품에 안았다.

"엘프, 어디 갔다 왔어? 누나가 걱정했잖아."

엘프는 공주 품에 안긴 채 자신을 둘러싼 사람들을 천천히 둘러보았다.

"모모! 어디 갔다 왔어? 보고 싶었는데."

"모모! 왕의 귀환이야? 내가 돌아왔도다!"

여학생이랑 남학생이 엘프의 머리를 쓰다듬으면서 한마디씩 했다. 남학생은 이쁜이 아주머니가 고양이 집을 안고 갈 때 도와준 아이였다. 그들이 엘프를 다른 이름으로 부르는데도 공주는 크게 거슬리지 않았다.

"엘프! 왜 이렇게 살이 빠졌어?"

공주는 그동안 제대로 먹지도 못했는지 홀쭉해진 엘프 얼굴에 볼을 비볐다.

"아이고, 돌아왔네."

이쁜이 아주머니가 반색하면서 달려왔다.

"어휴! 착해라. 무사히 돌아와서 이쁘네. 엘프!"

아주머니는 엘프라고 정확히 부르면서, 거리를 둔 채 엘프에게서 떨어져 있었다. 행여 공주 심기를 건드릴까 봐 조심하는 게 느껴졌다.

"저기, 이쁜이라고 부르셔도 돼요."

공주는 아주머니에게 말했다. 애먼 사람에게 화풀이하고 도둑 누명까지 씌운 데에 대한 사과의 뜻이었다.

아주머니는 공주에게 눈웃음을 지어 보였다. 눈가에 주름이
자글자글했다.

다음 날, 공주는 아침 일찍 엘프에게 먹일 캔 사료랑 간식을
챙겨 공원으로 갔다.

소나무 숲 입구에서 이쁜이 아주머니가 발을 동동 구르고 있
었다. 공주는 본능적으로 직감했다. 엘프에게 무슨 일이 생긴 것
이라고. 머리가 쭈뼛 섰다. 아니나 다를까. 장미 터널 쪽으로 걸
어가는 엘프 목덜미가 빨갰다.

엘프에게 달려가는데 이쁜이 아주머니가 공주 팔을 급히 잡
았다. 아주머니가 가리키는 곳을 보니, 엘프보다 몇 발짝 앞에 고
양이들이 나란히 장미 터널 쪽으로 걸어가고 있었다. 그들 앞에
는 무법자가 뒤를 흘끔흘끔 보면서 쫓겨 가고 있었다. 고양이들
은 서두르지 않고 일제히 같은 속도로 움직였다. 고양이 무리엔
평소 겁이 많아 눈만 마주쳐도 철쭉나무 사이로 줄행랑을 치는
누런 고양이도 있었다. 얼굴이 유난히 납작한 고양이였다.

무법자는 장미 터널 사이로 모습을 감추었다. 고양이들은 잠
깐 멈춰 터널 쪽을 지켜보다가 뿔뿔이 흩어졌다. 그들은 마치 전
사 같았다. 상처 입은 엘프도 숨지 않고 그들과 함께하는 모습에
공주는 전율을 느꼈다.

공주는 달려가 엘프를 안았다. 엘프 목덜미가 달걀 크기만큼

피로 물들어 있었다. 언제나 초연하고 당당하던 엘프는 겁먹은 눈빛으로 공주를 바라보았다. 공주는 몸이 달달 떨리고 눈물만 흐를 뿐, 털을 헤집고 상처를 볼 용기가 없었다.

"엘프! 어떻게 해? 많이 아프지? 어떻게 해?"

공주는 어린아이처럼 소리 내 울었다.

"상처가 얼마나 깊은지 봐야겠어요."

이쁜이 아주머니가 엘프 털을 헤치고 상처를 살폈다. 공주는 차마 볼 수 없어 고개를 돌렸다.

"쯧쯔쯔! 어쩜 좋아! 이빨에 꽤 깊이 물렸네."

"우리 엘프, 죽는 거 아니지요? 네?"

공주는 덜덜 떨며 물었다.

"괜찮을 거예요. 얼른 병원에 데려가야겠어요."

"치료받으면 괜찮겠지요? 네? 우리 엘프, 죽진 않겠지요?"

공주는 불안한 마음에 어린아이처럼 묻고 또 물었다. 아주머니는 괜찮을 거라면서 공주 어깨를 토닥여 주었다.

공주는 엘프를 24시간 동물병원에 데리고 갔다. 이쁜이 아주머니도 함께 가 주었다. 엘프가 치료받는 동안, 공주는 아주머니에게 엘프를 병원에 맡기게 된 이야기를 들려주었다. 아주머니는 안쓰러운 눈빛으로 이야기를 들었다.

공주는 엘프를 공원에 두는 게 불안했다. 다행히 이쁜이 아주머니가 상처가 나을 때까지 엘프를 맡아 돌봐 주겠다고 했다.

이쁜이 아주머니는 공주에게 집에서 따듯한 차라도 한잔 마시고 가라고 했다.

공원 남쪽 주택가에 있는 아주머니네 집은 아담하고 정갈했다. 넓지 않은 마당엔 텃밭이랑 화단, 샘, 장독대가 맞춤하게 자리 잡고 있었다. 긴장이 풀어져서일까? 공주는 소파 위에서 까무룩 잠이 들었다.

공주는 코끝을 스치는 향에 눈을 떴다. 공주 몸 위엔 도톰한 오렌지색 담요가 덮여 있었고, 집 안 가득 상큼한 박하 향이 진동했다.

여긴 어디지? 공주는 놀라 주변을 둘러보았다. 소파 옆에 낯익은 물체가 보였다. 초록색 테이프로 칭칭 감은 누더기 집. 엘프가 그 안에서 자고 있었다. 공주는 아주머니에게 무례하게 굴었던 일들이 떠올라 너무 부끄러웠다.

"깼어요? 하도 곤히 자길래 안 깨웠어요."

이쁜이 아주머니 목소리가 들렸다. 공주 몸을 덮고 있는 담요만큼이나 따스한 목소리였다.

적당한 말이 떠오르지 않던 참에 탁자 위에 까만 나무 인형이 보였다. 어리숙해 보이는 얼굴이며 자세에 절로 웃음이 났다.

"인형이 예뻐요. 직접 만드신 거예요?"

공주는 인형을 손에 들고 물었다.

"아니요. 선물 받은 거예요."

이쁜이 아주머니가 빙그레 웃으며 대답했다.

"어? 천사인가 봐요. 그런데 날개 하나가 떨어졌네."

"원래부터 하나였어요. 수습 천사래요. 천사 연습생."

아주머니 말에 공주는 웃음이 나왔다. 아이돌 연습생이라면 몰라도 천사 연습생이라니! 천사도 연습생이 있다고 생각하니 왠지 모르게 위로가 되는 느낌이었다.

이쁜이 아주머니는 차를 가져와 권했다. 꽃무늬 찻잔에 담긴 연둣빛 차에서 김이 모락모락 피어올랐다.

"박하 차예요. 마음이 좀 편안해질 거예요."

이쁜이 아주머니는 다정하게 미소 지었다.

공주는 차를 호호 분 뒤에 천천히 한 모금 마셨다. 입안 가득 화하니 박하 향이 감돌았다. 또 한 모금. 박하 향이 온몸을 감싸는 느낌이었다.

"고맙습니다. 저, 전엔 정말 죄송했어요."

이런 말을 누군가에게 한 적이 있었던가? 막상 하고 보니 그렇게 어렵지도 않은데 그동안 왜 못 했던 걸까?

"이 인형을 준 사람이 들려준 말이 떠오르네요. 무슨 일이 있어도 자유를 잃으면 안 된대요. 그 말을 오래오래 곱씹어 보았는데, 나를 구속하는 건 다른 사람이 아니라 나 자신이더라고요."

이쁜이 아주머니는 구운 가래떡을 꿀에 찍어 내밀며 나직나직 혼잣말하듯이 말했다.

자유, 자유…. 공주는 가래떡을 입에 넣고 씹으면서 아주머니 말을 되새겼다. 돌아보니 자신의 삶은 자유를 잃은 삶이었다. '나'라는 감옥 안에 자신을 가둔 채 살아왔다. 밖에서 절대로 열 수 없는 감옥. 열쇠를 쥔 사람은 자신뿐이었다.

　달콤한 가래떡이 쓰디썼다.

　이쁜이 아주머니는 공주에게 박하 차를 선물로 주었다.

　집으로 가는 내내 코끝에 박하 향이 맴돌았다.

　박하 향 때문일까? 마음이 한결 가벼워졌다.

다섯 번째 이야기,

　　　　민들레와 새나무

"맹하!"

이온이 왼손을 번쩍 들면서 누군가에게 인사했다. 교실 뒷문에 처음 보는 여자아이가 서 있었다. 동급생 중에 모르는 아이가 없는 민들레에게도 낯선 얼굴이었다.

"처음 보는 얼굴인데 전학생? 이름이 맹하야? 성은? 근데 둘이 어떻게 알아?"

"야! 민들레. 하나씩만 물어. 한 번에 몇 가지를 묻는 거야?"

"쏘리! 첫 번째 질문. 전학?"

"응. 이번에 전학 왔어."

전학생 대신 이온이 대답했다.

"두 번째 질문. 이름은 맹하, 그럼 성은? 그건 전학생이 직접 얘기해 줄래?"

"정수하야."

이번엔 전학생이 직접 말했다.

"어? 그럼 질문이 하나 더 생겼네. 야! 이온! 근데 넌 왜 맹하라고 부른 거야? 어? 잠깐! 뭔가 촉이 오는데, 너희 둘이 사귀냐? 그러니까 맹하는 애칭 같은 거고. 수하에게 영원한 사랑을 맹세? 우우! 닭살!"

민들레는 양팔을 번갈아 문질렀다.

"뭐래? 그건 차차 알게 될 거야. 오래 안 걸릴 수도 있어."

이온은 의미심장한 미소를 지었다.

"오케이! 이제 마지막 질문. 너희 둘이 어떻게 아는데? 사촌? 음, 이온, 정수하, 성이 다르니까 친사촌은 아닐 테고, 그렇다면 이종? 고종? 외사촌? 으으, 우리나라는 너무 복잡해. 이모, 고모, 외숙모, 큰엄마, 작은엄마, 당숙모, 당고모… 미국은 그냥 앤트랑 커즌, 심플한데 말이야."

"야, 민들레! 제발 넘겨짚지 좀 마. 하여간 번갯불에 바비큐를 하려고 해요. 우린 단군의 자손일 뿐 피 한 방울 안 섞였거든. 어떻게 알게 됐는지는 비밀!"

"됐고! 정수하, 난 민들레야. 우리, 앞으로 친하게 지내자. 자리는 저기, 맨 뒷자리 비었어."

민들레는 창문 쪽 끝자리를 가리켰다.

"맹하, 학교 돌아볼래? 내가 안내…."

"이온! 나한테 맡겨. 그런 건 내 전문이잖아? 전학생 환대. 나도 나중에 낯선 곳에 가서 환대받으려면 미리 저축해야지."

이온은 어깨를 으쓱하면서 못 말린다는 듯이 고개를 저었다.

수하는 얼떨떨해 보였다. 처음 보자마자 직진하는 친구에게 당황하는 것도 무리는 아니었다. 그렇다고 속도를 줄이고 싶지는 않았다. 예의 차리고 내숭 떠는 건 성미에 맞지 않았다.

"우리 학교는 옛날엔 전교생이 2,000명이 넘었다는데 지금은 쪼그라들어서 200명도 안 돼. 내가 동아리 방 구경시켜 줄게. 동아리는 우리 학교 자랑이야. 동아리 활동이 활발하게 된 데에는 이온 공이 커. 이온이 교장 선생님이랑 싸워서 춤 동아리를 만든 뒤로 활성화됐거든. 아는지 모르겠지만 이온 춤 겁나 잘 춰."

"춤추는 거 봤어. 정말 잘 추던데!"

"아! 봤구나! 이온 인기 장난 아니야. 춤 좀 춘다는 애들한테는 거의 신이야. 온느님. 춤추는 거, 공원에서 봤구나?"

"응."

"그럼 내 동생도 봤겠네. 내 동생도 이온이랑 같은 크루거든. 내 동생, 비보이야."

수하의 동공이 커졌다.

"아! 생각나. 비보이 한 명 있었어. 모자를 눌러써서 얼굴은 잘 못 봤지만. 대박!"

"내 동생이야. 민준오. 공원 안에도 들어가 봤어?"

"응, 집 바로 옆이라 아침마다 가. 거기 가면 이상하게 맘이 편안해져."

"희망 공원, 비밀의 숲이지. 거긴 나랑 내 동생 놀이터였어. 어렸을 때 거기서 맨날 놀았거든."

어린 시절, 공원에서의 추억이 영화 장면처럼 스쳐 지나갔다. 민들레는 동아리 방이랑 도서관까지 안내를 마쳤다.

"안내 끝. 근데 안 물어봐? 난 무슨 동아리냐고."

"그러잖아도 물어보려고 했어. 무슨 동아리야?"

"축구."

"축구? 축구 동아리 방은 어디야? 못 본 거 같은데…."

"어? 너, 표정 보니까 농담 아닌데! 축구 동아리 방이 어딨어? 운동장이지."

수하는 흠칫 놀라며 멋쩍게 웃었다. 그리고 자신의 머리를 콩콩 쥐어박았다.

"어? 너, 좀 맹하구나? 앗! 유레카!"

민들레는 흥분해 소리쳤다.

"맹하가 혹시 맹한 수하? 맞지? 맞지?"

"뭐, 인정하진 않지만…."

"오! 나쁘지 않아. 구멍이 있어야 인간적이지. 내가 세상에서 제일 싫어하는 게 뭔 줄 알아? 칼각! 빈틈이라고는 손톱만큼도 없는 사람이야. 으윽, 생각만 해도 숨 막혀. 우리 할머니가 딱 그렇거든. 우리 할머니, 김밥집 하는데 칼로 자른 듯이 꼬랑지 없는 김밥으로 유명해. 언제 이온이랑 우리 할머니 김밥집 한번 가자. 김밥, 겁나 맛있어."

"나 김밥 좋아하는데. 할머니 김밥 궁금하다."

"미리 말해 두는데, 우리 할머니 성깔 장난 아니야. 꼬장꼬장하고, 까탈스럽고, 잔소리 심하고, 하여간 한마디로 고약해. 어떤 손님이 자기는 김밥 꼬랑지 좋아하니까 꼬랑지 있게 싸 주면 안 되냐고 했다가 겁나 욕 먹었어. 다른 김밥집에서 사 먹어라, 중이 절간이 싫으면 다른 절로 가야지 법당을 바꿔라, 불상을 바꿔라 타박이냐… 으으윽! 어느 땐 우리 할머니 진짜 마귀할멈 같아. 나중에 놀라지 말라고 미리 예방 주사 놓아 주는 거야."

민들레는 교실이 있는 본관으로 이동하면서 말했다.

"맹하, 들고 싶은 동아리 있어? 너, 축구부 들어올래? 운동장에서 실컷 뛰고 나면 스트레스 한 방에 날아가. 스트레스뿐만 아니라 지방도 싹 날아가. 근데 하체가 튼튼해지는 건 감수해야 해. 봐봐. 내 허벅지랑 엉덩이, 장난 아니지?"

민들레는 다리를 들어 튼실한 허벅지를 보인 뒤, 뒤돌아 단단한 엉덩이를 손으로 두드렸다. 수하는 엄지 척을 하며 처음으로 입을 크게 벌리고 웃었다.

"이 다리로 해트 트릭도 기록했어. 스읍! 근데 가만 보니 넌 키만 컸지 달리기도 허당, 체력도 허당, 아무래도 안 되겠는데."

"헉! 맞아! 어떻게 알았어?"

수하가 눈을 동그랗게 뜨며 놀랐다.

"고추장인지 케첩인지 찍어 먹어 봐야 알아? 척 보면 알지."

"근데 여자 축구 동아리가 따로 있어?"

"놉! 남자 여자 구분 없이 하나야. 처음엔 어이없게 남자들만 뽑는다는 거야. 열받아서 이 민들레가 뒤집어 놓았지."

민들레는 축구부 동아리에 지원했을 때 황당했던 기억이 떠올랐다. 남자만 가능하다고 해서 여자는 왜 안 되냐고 따지자, 관문을 통과해야 한다고 했다. 일주일 동안 매일 운동장 열 바퀴씩 달리기, 하체 근력 운동, 민첩성 등 기초 체력 다지기 훈련을 빠짐없이 수행하는 것이 조건이었다. 민들레는 모든 부문에서 우수해 거뜬히 통과했다.

민들레가 축구를 하게 된 건 초등학교 4학년 때부터였다. 남자아이들이 인원이 모자란다고 해서 얼결에 하게 되었는데, 그때 몸싸움에서도 남자아이들한테 지지 않았고 골까지 넣었다. 그래서 정식 축구 멤버가 되었다.

"언제 경기 구경하러 와. 그럼 공격과 수비가 다 가능한 멀티플레이어, 민들레 님의 축구를 보게 될 테니까."

수하는 경탄의 눈빛으로 민들레를 보았다.

민들레는 수하 얼굴이 밝아진 것 같아 기분이 좋아졌다. 수하를 처음 보았을 때 왠지 위축돼 보이는 모습에 마음이 쓰였던 터였다. 민들레는 바람 빠진 공 같은 아이를 보면 전의가 불타올랐다. 어쩌면 동생 준오 때문인지도 모른다.

민들레가 일곱 살, 준오가 다섯 살 때 엄마는 집을 나갔다. 마당에 있는 감나무에 탐스럽게 익은 감이 주렁주렁 매달려 있을 무렵이었다. 그 뒤로 준오는 말수가 급격히 줄었다. 사춘기에 접어들면서는 더 줄어 서너 마디를 넘기는 경우가 거의 없었다.

일본 라면 식당, 휴대폰 판매점 등 잇따라 사업에 실패한 뒤 엄마랑 아빠는 살던 아파트를 정리하고 할머니네 집으로 들어갔다. 아빠는 밑천도 없으면서 취직할 생각은 않고 허구한 날 허황된 사업 구상뿐이었다.

할머니 김밥집에서 일을 돕던 엄마는 독립해 돈을 벌어오겠다며 집을 나갔다. '준오 잘 돌보고 있어. 엄마 돈 많이 벌어서 올게.' 민들레는 머리맡 쪽지를 보면서 엄마와의 이별이 짧지 않을 거라는 걸 직감했다. 어린 나이였지만 돈을 많이 버는 게 쉽지 않은 일이란 걸 어렴풋이나마 알았기 때문이었다.

민들레는 동생 때문에 울 수 없었다. 준오가 엄마를 찾으며 울면 집에서 멀지 않은 공원에 데리고 갔다.

어느 날, 광장을 지나는데 광장 가 나무 아래에 탐스러운 밤이 보였다. 민들레는 준오와 함께 유난히 색이 짙고 반들반들한 알밤을 신나게 주웠다. 그리고 스웨터에 담아 한 톨이라도 흘릴

세라 조심조심 집으로 갔다.

할머니는 어둑해진 뒤에야 돌아왔다.

"어휴! 어디서 먹지도 못하는 걸 이렇게 많이 주워 왔어? 아깝게 옷만 버리고 쓰레기만 잔뜩….'

칭찬을 기대했는데, 할머니는 알밤을 쓰레기통에 쏟아 버리고는 스웨터를 탁탁 소리 나게 털었다. 왈칵 눈에서 눈물이 쏟아졌다. 그토록 탐스럽고 먹음직스러운 게 알밤이 아니라니 도무지 믿을 수 없었다. 민들레는 할머니 몰래 크고 예쁜 것들을 골라 책상 서랍 안에 꼭꼭 숨겨 두었다.

열매의 정체를 알게 된 건 며칠 뒤였다. 공원에서 만난 백수 삼촌이 마로니에 열매라고 알려 주었다. 서운한 마음이 없지 않았지만, 할머니 말이 맞아 다행이었다. 할머니가 자신을 미워해서 심술을 부리는 것이든지, 할머니가 이상한 병에 걸린 것이든지 둘 중 하나라고 생각했으니까. 둘 중 어느 것이라도 슬픈 일이었다.

백수 삼촌은 마로니에 열매 이름을 알려 주고는 추리닝 주머니에 손을 넣고 휘파람을 불었다. 그리고 '지금도 마로니에는'으로 시작하는 노래를 불렀다. 노래를 부른 뒤 눈을 감고 또 휘파람을 불었는데 그 모습이 무척 멋졌다. 그래서 민들레는 나중에 휘파람을 잘 부는 남자랑 결혼해야겠다고 생각했다.

더벅머리 삼촌은 매일 같은 추리닝에 슬리퍼를 신고 공원에

왔다. 이름을 물었더니 백수라고 해서 민들레랑 준오는 그를 백수 삼촌이라고 불렀다. 백수가 이름이 아니란 것을 안 건 초등학생이 되고 나서였다.

어느 날, 짝꿍한테 백수 삼촌 이야기를 했더니 자기도 백수 삼촌이 있다고 했다. 민들레는 백수 삼촌이 짝꿍 삼촌인 줄 알고 깜짝 놀랐다. 그런데 뒷자리 남자아이도 백수 삼촌이 있다는 게 아닌가! 반에 민수가 두 명 있긴 했지만, 백수란 이름이 가까이에 세 명이나 있다는 게 너무 신기했다. 민들레는 일자리가 없는 사람을 백수라고 한다는 걸 그때 알았다.

백수 삼촌은 공원에서 철봉도 하고, 가끔 으아아 소리도 지르고, 민들레랑 준오와 함께 놀기도 했다. 백수 삼촌은 놀이 천재였다. 마로니에 열매를 가지고 노는 방법만 해도 열 가지가 넘었다. 홀짝 놀이, 어느 손에 있나 맞히기, 개수 알아맞히기, 저글링, 동그라미 안에 던져 넣기, 축구….

민들레는 삼촌이랑 홀짝 놀이를 하면서 홀수랑 짝수를 익혔다. 2나 4 같은 작은 숫자는 그냥 척 보고도 알았지만, 큰 숫자는 두 개씩 짝을 지어 보아야 했다. 두 개씩 짝이 맞으면 짝, 하나가 남으면 홀이었다. 민들레는 유치원에서 친구들에게도 알려 주면서, 백수 삼촌이 알려 준 거라는 자랑도 빼먹지 않았다. 그러나 아이들은 그깟 걸 누가 모르냐면서 자신들은 두 자릿수 덧셈이랑 뺄셈도 할 줄 안다며 으스댔다.

민들레는 광장에서 마로니에 열매로 축구 하는 게 제일 재미있었다. 민들레랑 준오가 한 팀이었고, 삼촌은 뛰지 않는 게 규칙이었다. 삼촌은 빠른 걸음으로 걸었는데, 뒤에서 보면 오리처럼 엉덩이가 씰룩거려서 정말 웃겼다. 민들레는 악착같이 삼촌한테서 공을 빼앗았다. 삼촌은 민들레에게 축구를 잘한다며 칭찬해 주었다. 잘 웃지 않는 준오도 축구 할 땐 자주 웃었다.

백수 삼촌이랑 놀면 무엇을 하든지 재미있었는데, 늘 감질났다. 같이 신나게 놀다가도 삼촌이 오른손을 번쩍 들면 끝이었다. 삼촌은 뒤도 돌아보지 않고 쌩하니 가 버렸다. 처음엔 준오와 함께 바짓가랑이를 잡고 떼도 써 보았지만 소용없었다.

준오는 백수 삼촌을 특히 좋아했다. 그런데 어느 날부터 갑자기 삼촌이 보이지 않았다. 한참 뒤 다시 나타났는데, 삼촌은 예전처럼 재미있게 놀아 주지도 않고 잘 웃지도 않았다. 삼촌이 백수 딱지를 떼지 못해서 그런 거라는 걸 나중에야 이해했다. 민들레는 삼촌이 웃는 모습을 다시 보고 싶었다.

무더운 어느 여름날, 나무 그늘에서 준오랑 소꿉놀이하며 놀고 있는데 신기한 새 한 마리가 날아와 앉았다. 인디언 추장처럼 머리 깃털이 위로 솟아 있었는데 정말 신기하고 예뻤다. 그 새는 조금씩 자리를 옮기면서 긴 부리로 땅을 파며 먹이를 찾았다. 민들레는 삼촌에게 그 새를 보여 주고 싶었다. 삼촌은 어렸을 때 조류 도감 보는 게 취미였다고 했다. 비둘기밖에 몰랐던 민들레는 삼촌 덕분에 참새, 까치는 물론 딱새, 직박구리 같은 이상한 이름의 새도 알게 되었다.

새가 날아갈까 봐 몸이 다는데 멀리 삼촌이 오고 있는 게 보였다. 민들레는 새가 도망칠까 봐 큰 소리도 내지 못한 채 빨리 오라고 손짓했다.

"우아! 후투티네. 실제로 보는 건 나도 처음이야."

백수 삼촌 얼굴에 웃음이 번졌다.

"삼촌! 꼭 인디언 추장 같아요."

"맞아. 그래서 추장 새라고도 불러. 새 이름이 왜 후투티인 줄 알아?"

"왠데요?"

"울 때 훗훗후 하고 울거든. 그래서 후투티야."

"뻥치지 마세요. 누가 속을 줄 알고요? 영어 이름이잖아요."

"진짜야. 맹세할 수 있어. 거짓말이면 내가 평생…."

"알았어요. 알았어."

민들레는 백수 삼촌이 맹세할 땐 진짜라는 걸 알았다. 삼촌은 맹세할 때마다 '평생 백수'를 걸었는데 삼촌한테 그게 얼마나 끔찍한 건지 아니까.

그 뒤로 후투티를 다시는 볼 수 없었다. 그런데 운 좋게도 다음 날 후투티가 남겨 두고 간 선물을 발견했다. 후투티를 또 보고 싶어서 찾아 헤매다가 떡갈나무 숲에서 깃털을 주운 것이다.

다섯 번째 이야기, 민들레와 새나무

민들레는 얼룩말처럼 흰색이랑 검은색 줄무늬가 있는 후투티 깃털로 아쉬운 마음을 달랬다.

그 뒤로 민들레랑 준오에게 새로운 놀이가 생겼다. 공원에 갈 때마다 새 깃털을 찾아다녔다. 처음엔 깃털을 주워 집으로 가져갔는데, 할머니가 질색해 다른 방도가 필요했다. 깔끔한 할머니는 집에 먼지 하나 있는 꼴을 보지 못했고, 모든 게 반듯하게 놓여 있어야 했다. 신발도 코를 맞추어 가지런히 벗어 놓아야 했고, 욕실 선반의 수건이며 살림살이들이 한 치라도 비뚤어지는 것을 용납하지 않았다. 엄마랑 할머니가 그런 것들 때문에 자주 부딪혔던 기억이 어렴풋이 났다.

민들레는 집에서는 할머니 잔소리를 피하려고 물건들을 가지런히 정리했지만, 밖에서는 정반대였다. 반듯한 걸 보면 숨이 막힐 것 같아 일부러 흩트려 놓을 때도 있었다.

민들레는 깃털을 모아 놓을 기막힌 장소를 찾아냈다. 공원의 소나무 숲에서 새가 날개를 활짝 펴고 나는 듯한 모습의 소나무를 발견한 것이었다. 울퉁불퉁한 퍼즐 조각을 붙여 놓은 듯이 조각난 나무껍질은 깃털을 꽂기에 안성맞춤이었다. 무엇보다 사람들 눈에 잘 띄지 않는 구석 쪽이라 좋았다.

"준오야, 우리 이 나무에 날개를 달아 주자. 우리가 날개를 많이 달아 주면 나무가 하늘을 날지도 몰라. 누나가 나무 이름도 지었어. 새나무."

준오랑 가지를 하나씩 맡아 깃털을 꽂아 주기로 했다.

참새, 까치, 비둘기, 직박구리, 꾀꼬리, 딱새… 공원엔 새들이 아주 많았다. 솜털 같은 작은 깃털을 주울 때도 있었고 운이 좋으면 긴 깃털을 줍기도 했다. 한번은 준오가 갈색에 검은 줄무늬가 있고 아주 긴 깃털을 주웠는데, 삼촌이 꿩 깃털이라고 알려 주었다. 그날 준오가 얼마나 의기양양했는지…. 민들레는 샛노란 꾀꼬리 깃털을 주웠을 때 가장 기뻤다. 그것은 나무에 꽂지 않고 집으로 가져가 책 속에 끼워 놓았다.

민들레는 나무에 깃털을 꽂을 때마다 기도했다. 언젠가 새나무가 꼭 날게 해 달라고. 그리고 공원에 올 때마다 깃털들이 무사한지 확인했다. 새나무는 깃털들을 고이 품어 주었다.

새나무는 준오랑 둘만의 비밀이어서 백수 삼촌에게도 비밀로 했다. 보물 상자 안에 남몰래 보물을 숨겨 두고 있는 듯한 느낌이었다. 민들레는 비밀을 간직하고 있다는 것이 은밀한 즐거움이란 것을 그때 알았다.

어느 날, 소나무 숲에서 깃털을 찾고 있는데 준오가 다급히 불렀다. 민들레가 가까이 가자 준오가 환하게 웃으면서 새나무를 가리켰다. 깃털 위로 햇살이 밝게 빛나고 있었고 때마침 부는 바람에 깃털들이 나부끼고 있었다.

"누나, 꼭 새나무가 나는 거 같지?"

준오 말처럼 정말 나무가 날개를 활짝 펴고 너울너울 나는 것 같았다.

"우와! 정말 그러네. 새가 더 힘차게 날 수 있게 깃털을 많이 달아 주자."

깃털 줍기랑 마로니에 열매 가지고 노는 것 말고도 공원에는 재미있는 게 셀 수 없이 많았다. 고양이 집 찾기, 소꿉놀이, 예쁜 단풍잎이랑 솔방울 줍기…. 민들레랑 준오는 시합하기를 좋아했다. 누가 더 예쁜 단풍잎을 줍나, 누가 새로운 고양이 집을 더 많이 찾아내나, 누가 더 크고 예쁜 마로니에 열매를 줍나…. 시합을 하면 시간 가는 줄도 몰랐고, 놀이가 질리지도 않았다.

민들레랑 준오는 그날 주운 것 중에 제일 예쁜 것을 골라 전리품처럼 집으로 가져갔다. 그리고 할머니 몰래 여기저기에 숨겨 놓았다.

가을 어느 날, 준오가 눈을 반짝이며 말했다.

"누나, 솔방울이 꽃이게, 아니게?"

"당근 아니지."

"땡! 꽃이거든!"

"솔방울이 왜 꽃이야? 열매지."

준오는 의기양양한 얼굴로 뒤춤에 숨겼던 솔방울을 쑥 내밀었다.

"이것 봐. 이렇게 활짝 폈잖아. 꽃 맞지?"

준오 손바닥엔 솔방울 두 개가 놓여 있었다. 준오가 주운 길쭉한 솔방울이랑 민들레가 주운 동그란 솔방울. 그런데 누가 바꿔치기를 한 듯이 둘 다 모양이 달라져 있었다. 생선 비늘처럼 매끈했던 솔방울은 함빡 벌어져 정말 꽃처럼 보였다.

다음 날, 백수 삼촌 덕분에 솔방울 변신의 비밀이 풀렸다. 소나무 열매인 솔방울은 습하면 공기 중의 습기를 머금어 단단하게 입을 다물고, 건조하면 바싹 말라 꽃처럼 벌어진다고 했다. 민들레는 모르는 게 없는 척척박사 삼촌이 왜 백수 딱지를 떼지 못하는지 이해할 수 없었다.

가을이 되면 민들레가 준오와 함께 치르는 아주 중요하고도 특별한 의식이 있었다.

희망 공원에는 청설모가 두 마리 살고 있었다. 햇살이 따사로운 가을 어느 날, 떡갈나무 아래서 앞발로 도토리를 까먹고 있는 청설모랑 눈이 딱 마주쳤다. 놀라 잠시 얼음이 되어 있던 청설모는 번개처럼 나무 위로 달아났다. 청설모가 나무 위로 사라진 뒤에도 반짝이는 두 눈은 그 자리에 선명하게 남아 있었다. 마치 그것을 열매처럼 떨궈 두고 간 듯이.

청설모를 본 뒤 걱정이 하나 생겼다. 할머니들이 막대기로 나뭇잎을 헤쳐 가면서 도토리를 한 톨도 남김없이 주워 갔기 때문이었다. 먹이가 사라지면 청설모를 다시는 볼 수 없을지도 모른다는 생각을 하니 너무 슬펐다.

민들레는 준오랑 부지런히 도토리를 모았다. 그리고 그것을

113

숨길 곳을 찾아다니다 떡갈나무 가지 사이에 움푹 파인 구멍을 발견했다. 준오는 다람쥐처럼 나무 위로 올라가 도토리를 숨겼다.

준오는 날마다 나무에 올라가 청설모가 도토리를 먹었는지 확인했다. 도토리가 줄지 않아 애태우던 어느 날, 청설모가 용케도 도토리를 찾아내 먹고 있었다. 민들레랑 준오는 기뻐서 손을 잡고 깡충깡충 뛰었다.

민들레는 희망 공원이 좋았다. 그곳에 가면 놀거리가 많아 심심하지 않았다. 무엇보다 준오 얼굴이 펴지는 게 기뻤다. 준오는 초등학교에 입학한 뒤로는 엄마 이야기를 꺼내지 않았다.

백수 삼촌을 마지막으로 본 건 민들레가 3학년 때였다. 어느 날, 삼촌은 더벅머리를 깔끔하게 다듬고 무릎 나온 추리닝이랑 슬리퍼도 벗고 말끔한 차림으로 나타났다. 손엔 바나나 맛 우유를 들고서. 민들레는 달라진 삼촌 모습에 불안했다. 이제 백수가 아니냐고 묻자 삼촌은 민들레랑 준오 머리를 흩트리며 웃었다. 그리고 양쪽 주머니에서 고리 인형을 꺼내 민들레랑 준오에게 하나씩 주었다.

백수 삼촌이 없는 공원은 피에로가 퇴장한 연극 무대 같았다. 민들레랑 준오는 공원에 더 이상 가지 않았다. 백수 삼촌이 보고 싶다며 준오가 울면, 민들레는 백수 삼촌이 공원에 계속 나오는 건 삼촌한테 아주 슬픈 일이라고 말해 주며 동생을 달랬다.

삼촌이 보고 싶은 건 민들레도 마찬가지였다. 주머니에 손을 넣고 휘파람을 불던 모습, 마로니에 열매로 축구 할 때 칭찬해 주던 기억, 오리처럼 엉덩이를 씰룩거리면서 공을 쫓아갈 때의 우스꽝스러운 뒷모습이 눈물 나게 그리웠다. 삼촌이 보고 싶을 때마다 민들레는 코끼리 인형을 조몰락거리면서 삼촌과의 추억을 떠올렸다. 삼촌이 준 인형은 아직도 가방에 매달려 있다.

준오는 공원에 나가지 않은 뒤로 춤에 빠졌다. 텔레비전에서 가수들 춤을 한번 보면 신기하게도 금방 따라 췄다. 준오는 몸이 가벼우면서 유연성도 좋았고 무엇보다 리듬감을 타고났다. 클수록 고집이랑 근성도 장난 아니었다. 유튜브를 보면서 춤을 배웠는데 안 되는 동작이 있으면 될 때까지 했다.

준오는 중학교 입학을 앞두고 '온리' 크루에 들어간 뒤로는 춤에 더욱 미쳤다. 민들레는 말수 없는 동생이 친구들에게 따돌림을 당할까 봐 걱정이었는데 다행히 잘 지냈다. 준오는 춤으로 친구들과 소통하는 듯했다.

어릴 때부터 늘 동생이랑 할머니 눈치를 살펴서일까? 민들레는 다른 사람들의 속마음을 예리하게 읽어 냈고, 오지랖이 넓어 별명이 '민지랖'이다.

수하는 전학생에게서 흔히 보이는 모습 이상으로 불안해 보였다. 민들레가 수하를 만나자마자 요란하게 수선을 떤 이유였다.

새 학년이 시작된 지 3주가 지났다.

다섯 번째 이야기, 민들레와 새나무

민들레는 신입생들 반마다 다니면서 동아리 홍보를 했다. 민들레가 여자여서일까? 축구 동아리 대표라고 소개하면 예외 없이 함성이 쏟아졌다. 민들레는 특유의 쇼맨십으로 후배들에게 열렬한 환호를 받았다. 기대 이상의 인기에 들떠 교실을 나갈 때 손으로 허벅지를 치면서 '해트 트릭'을 외치면, 후배들은 교실이 떠나가라 소리치며 배웅했다.

동아리 홍보를 마친 뒤 돌아와 보니, 한창 이온의 댄스 챌린지가 벌어지고 있었다. 이온 주변엔 늘 아이들이 몰려 있었다.

"애들아! 나, 학생회장 선거 나갈까? 민들레 님 인기 장난 아니야. 후배들의 환호성을 너희도 들었어야 했는데. 진짜 아이돌급이었다고!"

"어련하시겠어? 나가 봐. 선거 유세도 운동장에서 축구로 하면 되겠네."

춤을 마친 이온이 숨을 몰아쉬며 말했다.

"그거 좋은데! 축구 유세, 접수!"

민들레는 엄지와 검지로 동그라미를 만들어 보인 뒤 수하에게 물었다.

"수하야! 너, 동아리 정했어?"

"사진 동아리에 들어갈까 생각 중이야."

"사진 동아리?"

"응, 그게 젤 만만해 보여서."

수하는 양손 엄지와 검지로 사진기 모양을 만들어 보이며 웃었다. 처음보다 많이 밝아진 모습이었다.

"음, 좋은데! 잘 배워서 내 프로필 사진 좀 찍어 주라. 학생회장 선거에 출마하면 쓰게."

"사진 동아리, 좋네. 너, 공원에서 맨날 고양이 사진 찍잖아. 맹하! 오늘 우리 춤 동아리 구경하고 갈래? 이번에 안무 하나 새로 짰는데 장난 아니야."

"수하야, 춤은 다음에 구경하고, 축구 시합 구경 와."

민들레는 어깨로 이온을 밀치면서 말했다.

"민들레! 순서 좀 지키지? 내가 먼저 초대했잖아."

"미안! 공 가로채는 게 몸에 배서…. 히힛! 춤은 다른 때 봐도 되지만, 축구 시합은 날마다 있는 게 아니잖아? 이온! 동쪽엔 뭉게구름이 있고 서쪽엔 무지개가 떠 있어. 그럼 뭘 봐야겠어?"

"하여간 말은 잘해요. 난 왜 민들레한테 맨날 당하는 걸까?"

이온은 두 손이랑 어깨를 으쓱하며 어이없어했다.

"콩콩깨깨 몰라? 콩 심은 데 콩 나고, 깨 심은 데 깨 나는 법. 그거야 내 논리가 늘 빈틈없이 정연하니까 그렇지."

"콩콩팥팥, 콩 심은 데 콩 나고 팥 심은 데 팥 난다, 아니냐?"

"이온! 넌 그렇게 창의성이 없어서 어떻게 안무를 짜냐? 패러디 몰라? 쯧쯧!"

민들레는 혀를 차면서 고개를 저었다.

다섯 번째 이야기, 민들레와 새나무

"민들레! 넌 창의성이 요 입에 다 몰려 있는 게 문제야. 안 그럼 축구 할 때 좀 더 창의적인 플레이가 나올 텐데 말이야."

이온은 손가락으로 민들레 입술을 가리키며 말했다.

"머리가 창의적이어야 입도 창의적인 법이거든. 장이 좋아야 똥을 잘 누듯이."

"어휴! 더러워. 넌 비유를 해도 꼭…."

"그럼 다른 버전으로 해 줄까?"

"됐어! 하여간 뭐든 죽자고 덤벼드는 건 알아줘야 한다니까."

수하가 둘을 보며 못 말린다는 듯 고개를 저으며 웃었다.

민들레는 정색하며 수하에게 말했다.

"수하야, 근데 축구 보기 전에 준비해야 할 게 하나 있어."

"야! 민들레, 너, 하지 마라! 내가 분명히 하지 말라고 했다!"

이온은 찡그린 얼굴로 손을 뻗으면서 질색했다.

민들레는 이온의 손을 피해 수하에게 얼굴을 내밀며 말했다.

"나한테 반할 준비! 헤헤헤!"

수하가 까르르 소리 내 웃었다.

"맹하, 너 정신 똑바로 차려. 방심하고 있으면 언제 기습 공격 당할지 몰라. 민들레, 자뻑 장난 아니야."

"수하야, 내가 축구 하는 거 보면 내 말이 뻥이 아니란 걸 알게 될 거야. 내 팬 엄청 많아. 남자보다 여자들이 많은 게 아쉽지만. 암튼 빼빼로데이 날엔 캐리어 들고 와야 할 정도야."

"캐리어로 되냐? 트럭 한 대는 불러야지. 맹하! 그럼 축구 보고 가라. 민들레는 축구 시합 잘하고."

이온은 손 인사를 하고는 문 워크로 교실을 나갔다.

민들레는 운동장으로 가자마자 몸을 풀었다. 왕복달리기, 무릎 위로 차면서 뛰기, 만세 부르면서 옆으로 뛰기, 앞뒤로 팔 돌리면서 뛰기…. 공을 차기 전에 몸을 충분히 풀지 않으면 다칠 수 있었다.

민들레 얼굴엔 웃음기가 싹 사라졌다. 이온은 운동장에 서면 완전히 다른 사람이 되는 민들레를 이중인격이라고 놀리지만, 춤출 때 돌변하는 건 이온도 마찬가지였다. 평소엔 장난치고 농담하며 웃다가도 춤출 때면 눈빛이 변했다. 동아리 후배들은 물론 친구들도 이온을 어려워할 정도였다.

마르고 얼굴이 갸름한 이온, 하체가 튼실하고 얼굴이 동그란 민들레. 근성이 닮아서일까? 닮은 곳이라곤 없는데도 친구들에게 둘이 닮았단 소리를 종종 들었다.

지름 22센티미터, 둥근 공은 민들레의 심장을 뛰게 했다. 전후반 70분 동안 체력을 모두 소진한 뒤에 찾아오는 나른한 피로가 참 좋았다. 골을 넣거나 시합에서 이길 때 기쁨은 짜릿했고, 졌을 때 치밀어 오르는 분노와 오기조차 나쁘지 않았다. 축구를 할 때면 살아 있다는 느낌이 들었다. 밤이 오면 밤을 블라인드처럼 두르르 말아 올리고 운동장으로 뛰쳐나가고 싶을 때가 수없이 많았다. 민들레는 초등학교 때부터 꿈이 축구 선수였다. 유명한 선수가 되면 엄마가 돈을 많이 벌지 못했어도 찾아올 것 같았다.

민들레는 수하를 초대한 것도 잊고 운동장에서 종횡무진 뛰었다. 보이는 것은 단 하나, 축구공뿐이었다.

어느덧 4월. 인근 샛별중학교랑 친선 경기를 마친 뒤, 민들레는 집에서 옷을 갈아입고 희망 공원으로 갔다. 수하랑 함께 온리 춤 공연을 보고 할머니네 김밥집에 가기로 했다.

야외 공연장에선 온리 크루가 춤 연습에 한창이었고, 수하는 아직 오지 않았다.

민들레는 계단을 올라 공원 안으로 들어갔다. 얼마 만에 와보는 것인가. 이온이랑 준오가 야외 공연장에서 춤을 춘다는 건 알았지만, 한 번도 구경한 적은 없었다. 준오가 썩 달가워할 것 같지 않아서였다.

공원 안으로 들어서니 떡갈나무 숲, 단풍나무 숲, 소나무 숲이 눈에 들어왔다. 누가 공원을 축소해 놓기라도 한 걸까? 어렸을 땐 끝없이 넓어 보였는데…. 민들레는 소나무 숲 앞에서 걸음을 멈추었다. 새나무가 떠올랐기 때문이었다.

멀리 장미 터널 쪽 가까이 새나무가 보였다. 어릴 적 보았던 것처럼 우람하진 않았지만, 날개를 활짝 편 모습은 제법 위용이 있었다. 새나무가 가까워질수록 가슴이 두근거렸다.

아! 아직도 있었다. 준오랑 같이 경쟁하듯이 달아 준 새의 깃털들. 대부분 빛이 바랬고, 어떤 것들은 바스러져 겨우 깃대만 남은 것들도 있었다. 그런데 깃털의 상태가 양호한 것들도 꽤 있었고, 몇 개는 갓 주운 듯 유난히 형체가 고스란했다.

준오가 아직도 찾아오는 걸까?

새나무가 민들레를 어린 시절로 훌쩍 데려다주었다.

"우리가 날개를 많이 달아 주면 나무가 하늘을 날지도 몰라."

어린 민들레가 나무에 깃털을 꽂으면서 어린 준오에게 말했다.

그때 생각했다. 정말 그런 기적이 일어날지도 모른다고. 민들레는 깃털을 달 때마다 땅속에서 나무뿌리가 하나씩 뽑히는 상상을 했다. 준오랑 새나무를 타고 하늘을 나는 꿈을 꾸기도 했다.

민들레는 새나무 가지를 하나씩 가슴에 안았다. 날개를 많이 달아서 날게 해 주고 싶었던 나무. 문득, 새나무도 남매에게 날개를 달아 주었다는 생각이 들었다. 그래서 엄마가 떠나 버린 슬픔도 잊고 팔랑팔랑 날아다닐 수 있었던 게 아닐까.

민들레는 울컥했다. 새나무가 자신이랑 동생을 지켜 준 것만 같아서.

3시, 온리 공연이 시작되었다.

준오는 얼굴이 보이지 않을 정도로 검은 모자를 눌러쓰고 헐렁한 바지에 후드 티를 입고 춤을 추었다. 준오가 윈드밀, 에어 트랙 같은 파워 무브를 선보일 때마다 구경꾼들은 환호와 함께 박수를 보냈다. 준오가 춤을 잘 추는 건 알았지만 그새 몰라볼

　　　　　다섯 번째 이야기, 민들레와 새나무

정도로 기량이 좋아져서 깜짝 놀랐다. 학교 축제 때 공연과는 춤 분위기가 달랐다. 훨씬 자유로워 보였고, 춤에서 준오 목소리가 들리는 것 같았다.

춤은 준오와 하나였다. 이제 춤을 추지 않는 준오는 상상할 수도 없었다. 누나와 함께 깃털을 줍던 동생, 준오는 어느새 새가 되어 날고 있었다.

이온이 선보인 독무는 감동적이었다. 평소에 늘 밝았지만, 춤엔 슬픔이 녹아 있었다. 이온 춤을 처음 보았을 때 눈물이 났다는 수하 말을 이해할 수 있을 것 같았다.

준오는 춤을 다 추고 난 뒤에야 누나가 온 걸 알고는 얼굴을 찡그렸다. 수하는 그 모습을 보더니 진정한 현실 남매라며 웃었다.

민들레는 할머니네 김밥집으로 가면서 말했다.

"이온, 춤이 많이 달라졌다. 전보다 훨씬 소울이 느껴져. 뭔가 메시지도 있는 것 같고."

"너도 오늘 마지막 골 멋있었어. 손흥민인 줄."

2대 2 상황에서 5분 정도 시간이 남았을 때, 민들레는 하프라인 부근에서 패스를 받은 뒤 번개처럼 골대를 향해 몰아갔다. 세 명이 따라붙었지만, 민들레의 폭풍 같은 질주를 막을 수 없었다. 민들레가 찬 공은 골키퍼를 비켜 골망을 흔들었다.

민들레는 이온의 칭찬에 우쭐해 허벅지에 손 키스를 했다.

"맹하, 축구 경기 이겼으니까 지금 평화가 있는 거야. 민들레,

시합에서 지면 겁나 살벌해. 사나워서 말도 못 붙여."

"와, 이건 하마가 악어한테 입 크다고 하는 격. 수하야, 이온도 장난 아냐. 춤 연습할 때 애들 동작이 딱딱 안 맞잖아? 눈에 힘 빡 주고 째려보면 으으, 아마 오줌 지린 애도 있을걸?"

민들레는 눈을 작게 뜨고 째려보는 시늉을 했다.

"너희 둘 다 춤출 때랑 축구 할 땐 꼭 다른 사람 같아. 그렇게 열정을 쏟을 데가 있다는 게 너무 부러워."

"맹하, 너도 요즘 사진 열심이잖아. 동아리 활동 열심히 해서 가을 축제 때 멋진 작품 기대할게."

"그래. 내가 작품 모델이라면 더 좋고. 내가 축구 할 땐 좀 간지 나지 않냐?"

민들레 말에 이온이 얼굴을 찡그렸다.

"야, 민들레! 넌 꼭 네 입으로…. 솔직히 간지, 하면 나지."

"너희 둘 다 간지 쩔어. 그런 친구들이 둘이나 있으니 난 감지덕지고."

"오우! 맹하! 좀 아재스럽긴 하지만 라임 좋은데!"

이온이 수하에게 하이파이브 했다.

어느덧 민들레 할머니 김밥집이 있는 대학교 후문 앞에 이르렀다. 갑자기 수하가 작은 카페 앞에서 걸음을 멈추었다. 수하는 카페 앞에 놓인 주황색 토분을 물끄러미 바라보았다. 토분에는 원추형으로 쭉 뻗은 나무가 있었다. 초록에 흰빛을 입힌 듯한 잎

다섯 번째 이야기, 민들레와 새나무

색깔이며 나무 모양이 눈에 확 띄었다.

"내 친구가 좋아하는 나무야. 그 친구는 은청색을 참 좋아했어. 여름에 이 은청색 나무를 보면 한여름의 크리스마스 같다고 했어. 나무에 눈이 뿌려진 거 같다면서."

친구를 생각하는 듯 수하 눈은 아득히 먼 곳에 가 있었다.

"한여름의 크리스마스. 멋진데! 난 처음 보는 나무야."

"이 나무 이름, 문그로우야. 달빛을 닮았다고. 이름 예쁘지?"

"문그로우, 정말 예쁘네. 너, 그 친구 많이 좋아하는구나? 눈에 그리움이 몽글몽글한 걸 보니. 음, 좀 질투 나는걸?"

수하 얼굴에 설핏 어두운 그림자가 스쳤다.

"맹하! 혹시, 남자 친구? 스읍, 얼굴이 어두운 걸 보니 잊지 못하는 전 남친?"

"그냥, 내가 너무 바보 같아서 잃은 친구야."

수하 눈가가 촉촉하게 젖어 들었다.

민들레는 분위기를 바꾸려 목소리를 높였다.

"너희들 옷 비뚤어진 데 없나 얼른 점검해. 괜히 우리 할머니한테 욕 듣지 말고."

민들레는 가게로 들어서며 우렁차게 외쳤다.

"할머니! 오늘 시합 3대 2로 이겼어. 내가 마지막에 한 골 넣어서. 잘했지? 오늘 김밥 특별히 맛있게 부탁합니다. 친구한테 할머니 김밥 자랑 많이 했거든. 수하야, 우리 할머니야. 인사해."

124

"대통령을 데리고 와 봐라. 내 김밥이 달라지나."

할머니는 퉁명스럽게 내뱉고는 수하를 힐끗 보았다. 그러더니 고개를 갸웃했다.

조금 뒤 할머니랑 수하 눈이 동시에 동그래졌다.

"맞지? 침 먹은 지네. 꼭 침 먹은 지네 같더니 얼굴이 많이 폈네."

"어? 할머니, 얘 알아? 근데 침 먹은 지네가 뭐야? 지네가 왜 침을 먹어?"

"사람들이 고약한 걸 보면 왜 냅다 침을 뱉는 줄 알어? 사람 침이 지네도 꼼짝 못 하게 할 만큼 그리 독한 거여. 그 독침을 말에 발라 봐. 독침 묻은 말은 사람도 죽일 수 있어."

"근데 할머닌 왜 맨날 나한테 독침 날려? 침 먹은 지네는 나네. 내가 심장 약한 손녀딸 같았으면 벌써 할머니 독침에…."

"김밥 먹으러 왔으면 입 다물고 김밥이나 먹어."

할머니는 김밥 접시를 던지듯이 놓고 갔다.

"수하야, 근데 우리 할머니 어떻게 알아? 우리 할머니 봤어?"

"응. 종이 상자를 칼각으로 맞춰서 쌓으시길래 어차피 고물상에 가면 쏟을 거 아니냐고 했다가 혼났어. 어차피 죽을 걸 왜 사냐고. 큭!"

수하는 할머니 눈치를 보면서 작은 소리로 말하고는 웃었다.

"히히히히! 보자마자 욕먹었네. 내가 말했지? 우리 할머니 마귀할멈이라고. 그리고 우리 할머니 칼각 장난 아니라고도. 이 김밥 꽁다리 봐. 끝이 1밀리미터도 안 튀어나오고 정확히 맞잖아. 그러니 내가 집에서 얼마나 숨이 막히겠냐고. 그래도 김밥은 맛있어. 얼른 먹어."

입안에 김밥을 한가득 문 수하는 양손으로 엄지 척을 날렸다.

"우리 할머니, 잔소리 대마왕에 마귀할멈 같지만 그래도 김밥 하나는, 읍!"

어묵 국물을 가져온 할머니가 김밥을 집어 민들레 입에 쑤셔 넣었다. 민들레는 김밥을 우걱우걱 씹어 삼킨 뒤에 말했다.

"캑캑, 이거 봐. 우리 할머니, 인자함이라곤 손톱만큼도 없어. 얘들아, 근데 대박 웃기는 게 뭔 줄 알아? 우리 할머니 이름이 인자야. 근데 더 웃기는 게 있어. 성이 안이야, 안인자. 대박이지? 하하하하!"

"쫓겨나고 싶지 않으면 조용히 김밥이나 처먹어."

"네, 할머니! 안인자 할머니 표 김밥 넘넘 맛나요."

민들레가 할머니에게 쌍하트를 날리자 할머니는 쌍눈총으로 화답했다. 이온이랑 수하가 키득거리며 웃었다.

민들레는 친구들이 환하게 웃는 모습을 보니 기분이 좋았다. 자신이 찬 축구공이 그물망을 흔들 때처럼.

여섯 번째 이야기,

파란 머리 희수

쏴아, 소리와 함께 토사물이 변기로 사라졌다.

희수는 밖에 인기척이 없는 걸 확인한 뒤 화장실에서 나왔다. 얼마 전과 같은 상황을 또 맞닥뜨리고 싶지 않았다. 생각만 해도 머쓱하고 민망하고 뻘쭘했다. 당황한 나머지 상대방 선의마저 짓뭉개 버린 걸 생각하면 아직도 낯이 뜨거웠다.

세면대에서 입안을 여러 번 헹궜는데도 목구멍이랑 콧속의 시큼한 뒷맛이 지워지지 않았다. 찝찝하긴 했지만, 그것은 목 안이 찢어질 듯 따갑고 얼얼한 것에 비하면 아무것도 아니었다. 게다가 목구멍이 기분 나쁘게 뻐근하기까지 했다. 한꺼번에 왕창 넘어온 토사물로 목에 무리가 간 탓이었다. 기껏 들인 음식물을 도로 내놓으라 하니 위장은 시위라도 하는 듯 순순하게 뱉어 낼 때가 없었다. 왈칵왈칵 무더기로 쏟아 내서 한 번 토하고 나면

목이 한동안 뻑뻑하니 아팠다. 역류한 위산이 통과하면서 목이 쓰라린 것과는 다른 통증이었다.

희수는 화장실에서 나오자마자 여느 때처럼 계단 쪽으로 향하다 발길을 돌렸다. 친구를 만나러 간다고 했으니 좀 더 시간을 벌어야 할 것 같았다. 게다가 냄새에 민감한 엄마가 몸에서 시큼한 냄새를 맡기라도 하면 곤란했다. 엄마는 밖에서 무엇을 먹고 들어왔는지 몸에 밴 냄새만으로 알아맞힐 때가 많았다.

희수는 주머니에서 껌을 꺼내 씹으면서 공원을 걸었다. 공원엔 다양한 종류의 나무들이 흐린 하늘을 떠받치고 있었고, 고양이도 여럿 보였다. 전엔 화장실에서 볼일을 본 뒤 쫓기듯 공원을 벗어나기 바빠 눈여겨본 적이 없었다.

떡갈나무 숲, 소나무 숲, 단풍나무 숲, 희수는 공원을 한 바퀴 돈 뒤 같은 길을 걷고 또 걸었다.

먹은 걸 모두 토해 내 위가 텅 빈 대신, 자책과 죄의식이 밀고 들어왔다. 구토 뒤엔 언제나 심신이 복잡하게 뒤엉켰다. 후련함, 거북함, 안도감, 두려움, 죄책감…. 온갖 음식물, 그리고 위액이 섞인 주황색 물까지 변기 안에서 흔적도 없이 사라져 버렸듯이 마음도 그렇게 말끔해지면 얼마나 좋을까.

먹고 토하는 일이 반복될수록 두려웠다. 그래도 멈출 수가 없었다. 폭식증은 거식증으로 변하기 쉽다고 했다. 인터넷으로 본, 거식증으로 뼈만 남은 모습, 잦은 구토로 위산이 역류해 치아까지 녹아내린 모습의 사진들은 충격적이다 못해 공포스럽기까지 했다. 그런데도 폭식을 하고 나면 토하고 싶은 충동을 자제하기 어려웠다.

공원을 대여섯 바퀴쯤 돌았을까. 쌉쓰름한 구토의 후유증이 얼마간 잦아들었고, 얼굴에 양파 비늘만큼이나마 얇은 막이 씌워졌다. 태연한 척 집에 들어가려면 얼굴에 드리운 죄를 가릴 위장막이 필요했다.

광장으로 이어지는 계단을 내려가는데 야외 공연장 앞에 사람들이 모여 있었다. 공연장 무대 위에서 때마침 춤 공연이 시작되었다. 희수는 사람들 속에 숨어 공연을 보았다. 춤추는 아이들은 모두 다섯이었고 그중 한 명은 여자였다.

아는 얼굴도 보였다. 희수가 중학생이었을 때 학교에서 춤으로 유명했던 2년 후배, 이온. 오로지 자신의 춤에만 빠진 아이들은 마치 다른 세계 사람 같았다. 그들을 보고 있는데 자꾸만 얼굴이 달아올랐다. 실패자, 실패자, 귓가에 환청이 들리는 듯했다.

합동 무대가 끝나고 이온의 솔로 무대가 펼쳐졌다. 전엔 단지 춤을 참 잘 춘다는 느낌이었는데 뭔가 달랐다. 춤에서 영혼이 느껴진다고 할까. 이온의 춤에 깃든 열정과 슬픔이 그대로 전해졌다. 부드러운 파도가 무대를 지나 희수의 몸에 일렁이듯이.

춤이 끝나기가 무섭게 희수는 황급히 돌아섰다.

희수는 자신의 그림자인 듯 똑같은 움직임의 실루엣과 마주쳤다. 어디서 보았을까? 낯이 익었다. 특히 저 당혹스러워하는 눈빛. 아! 그 아이였다. 얼마 전 화장실에서 마주쳤던.

정수아? 정수하? 무대 쪽에서 이온의 목소리가 들렸다. 희수는 탁성이면서도 목청이 좋은 이온의 목소리를 기억했다. 그 아이를 부르는 것 같았는데 그 아이는 뒤돌아보지 않고 총총 자리를 떴다.

희수는 반사적으로 방향을 틀었다. 그 아이와 나란히 걸어갈 자신이 없었다.

광장을 벗어나 오른쪽으로 돌담을 끼고 돌았다. 장미 터널을 지나 공원을 한 바퀴 빙 돌아 집으로 갈 생각이었다.

희수는 발등만 보고 걷다가 작은 광장 가까이에서 고개를 들었다. 여기쯤일 것이다. 담장 쪽으로 고개를 돌리자 바로 보였다.

시간이 박제된 그림.

그 그림은 타임머신이 되어 희수를 초등학교 3학년 때로 데리고 갔다.

선생님은 하얀 정사각형 타일을 한 장씩 나누어 주면서 그리고 싶은 것을 마음껏 그리라고 했다. 꿈, 행복했던 기억, 이루고 싶은 소망….

희수는 화가가 꿈이었다. 그런데 달나라를 가고 싶은 소망도 있었다. 둘 중 어느 것을 그릴까 고민하던 중에 반짝 좋은 생각이 떠올랐다. 희수는 까만 밤하늘에 크고 노란 보름달을 그렸다.

그런 다음 푸른 사다리에 올라 그 위에 그림을 그리는 자신을 그렸다. 줄무늬 티셔츠에 청 멜빵 바지를 입고 모자를 거꾸로 쓴 희수를.

희수는 그 그림을 잊었다. 그리고 운명처럼 다시 만났다. 희수가 아직 학생이었던 작년에.

중학교 졸업 뒤 맞이한 고등학교 생활. 교정에 벚꽃이 만개할 무렵이 되자, 같은 교복을 입고 경직된 모습으로 책상 앞에 앉아 있던 아이들 사이에 뚜렷이 지형도가 그려졌다. 공부 시간을 1분이라도 늘리려 혈안이 된 공붓벌레들, 유독 외모에 관심이 많은 아이들, 자기 세계에 빠져 지내는 덕후들, 나머지 평범한 아이들. 그들은 독수리, 기러기, 두루미, 참새만큼이나 습성도 생태도 달랐다.

공부에도, 애들이랑 몰려다니며 노는 것에도 별 흥미가 없는 희수는 섬 같은 존재였다. 그렇지만 덕후는 아니었다. 무엇 하나를 사무치게 좋아하기보다는 좋아하는 것들이 두루두루 많았으니까. 빛깔이 노랗고 촉촉한 고구마, 흰 구름, 모래나 소금이나 싸라기눈 같은 알갱이들, 물 위에 떨어지는 빗방울, 색 배합이 잘된 체크무늬, 파란색, 햇살에 반짝이는 것들, 펄럭이는 깃발, 작은 열매들….

첫 중간고사를 치르고 얼마 뒤, 서로 영역 침범 없이 평화롭던 교실에 미세한 균열이 생기기 시작했다. 반 아이들이, 정확히 말하면 노는 아이들과 평범한 아이들이 한 아이를 왕따 시키는 게 보였다. 그 대상은 평범한 아이들 무리에 속하는, 얌전한 아이였다. 특별히 미움 살 만한 게 보이지 않는 아이라서 의아했지만, 굳이 이유가 궁금하진 않았다.

날이 갈수록 그 아이 얼굴엔 그늘이 짙어졌다.

무슨 일이든지 처음엔 대개 별 징후가 없이 시작되기 마련이다.

어느 날, 희수는 식판을 들고 자리를 찾다 혼자 먹는 그 아이 옆에 앉았다. 특별한 의도는 없었다. 마침 그 자리가 비어 있었고, 그 아이를 피할 이유가 없었을 뿐.

다음 날도 혼자 먹는 그 아이가 눈에 띄었고, 희수는 그 아이와 나란히 앉아 밥을 먹었다. 그다음 날도.

이쯤 되면 완전히 우연이라고 하기에는 무리가 있을까? 어쩌면 그 우연엔 반감이 한 스푼 들어간 것인지도 모르겠다. 이유가 무엇이든 작당하고 한 아이를 왕따 시키는 아이들의 저열함에 대한 거부감 같은 것.

다음엔 그 아이가 먼저 희수를 찾았다. 점점 둘이 함께 다니는 일이 많아졌다.

그 아이 얼굴에 드리웠던 그림자가 표나게 옅어졌다. 해가 구름 너머로 잠깐 얼굴을 내밀 듯이 가끔 얼굴에 미소가 어리기도 했다.

애들이 나한테 왜 그러는지 모르겠어, 어느 날 그 아이가 대뜸 말했다. 희수는 그날 아침에 들은 이야기를 전하지 않았다.

그날 아침, 교문 가까이 이르렀을 즈음 뒤에서 말소리가 들렸다. 아는 목소리였다.

"얘들아! 저 고양이, 꼭 고유미 닮지 않았냐? 부뚜막에 먼저 올라가는 얌전한 고양이. 얌전한 척하면서 꼬리 치잖아."

옆을 돌아보니 노란색 줄무늬 고양이 한 마리가 나무에 앞발을 올리고 있었다.

뒤이어 아이들 웃음소리가 들렸다. 악의를 공유한 사악한 웃음이었다.

얌전한 고양이? 부뚜막? 문득 촉이 발동했다.

유미가 왕따당하기 전에 보았던 장면 하나. 체육 시간이 끝나고 들어가는 길에 유미가 운동장 가에서 잘생긴 남자 선배랑 웃으면서 이야기를 나누고 있었다.

나중에 슬쩍 물어보니까 어렸을 때부터 가족끼리 가깝게 지내는 사이라고 했다.

희수가 눈에 띄게 유미랑 함께 다니기 시작한 지 얼마 뒤, 갑자기 아이들이 하나둘 희수에게 몰려들었다. 격하게 반길 일은 아니지만, 굳이 뿌리칠 이유도 없었다.

쉬는 시간에도, 밥 먹을 때도 희수는 아이들에게 에워싸일 때가 잦았다. 자연히 유미랑 함께하는 시간은 줄었다.

유미 얼굴은 다시 어두워졌고, 쉬는 시간이면 엎드려 있거나 자리를 비웠다. 점심을 먹지 않을 때도 많았다.

하루는 작정하고 아이들을 뿌리치고 유미랑 같이 식당에 갔다. 유미는 밥을 다 먹는 동안 한마디도 하지 않았다. 유미 얼굴은 어둡다 못해 흙빛이었다.

여름 방학을 얼마 앞두고 유미는 전학을 갔다. 틈날 때마다 희수 자리로 찾아와 시시덕거리던 아이들은 발길을 뚝 끊었다. 유미의 전학과 연관이 없다고 하기에는 시점이 참 공교로웠다.

희수는 다시 섬이 되었다. 크게 서운하거나 아쉬울 것도 없었다. 그런데 기분이 몹시 더러웠다. 아이들에게 이용당했단 생각 때문이었다.

학교생활이 도무지 재미없었다. 갈수록 아이들이랑 같은 교실에 있다는 것조차 역겨웠다. 희수는 종일 무지 노트에 그림을 그리거나 책상에 엎어져 지냈다.

여름 방학을 마치고 일주일쯤 뒤, 햇살이 유난히 좋은 어느 오후. 창밖을 멍하니 보고 있는데 갑자기 목이 조여 오면서 숨이 턱 막히는 것 같았다.

희수는 적당히 둘러댄 뒤 조퇴를 했다. 1학기 동안 별 말썽 없이 지낸 덕분인지 담임은 순순히 보내 주었다.

발길 닿는 대로 걷다 보니 장미 터널이 보였다. 희수는 철 모르는 장미 몇 송이가 간간이 매달려 있는 긴 터널을 지나 공원을 끼고 돌았다.

공원엔 한가로이 걷는 사람들이 여럿 보였다. 집에서 멀지 않은데도 한 번도 와 본 적 없는 곳이었다.

작은 광장을 지나자마자 나타난 담장엔 그림 타일들이 붙어 있었다. 아이들 그림엔 천진함이 가득했다. 그림들을 보면서 천천히 걷다가 희수는 걸음을 멈추었다. 3-1 신희수. 그림 아래에 적힌 이름을 보기 전에 희수는 그 그림을 알아보았다.

그림을 보는 순간, 왈칵 눈물이 났다.

희수는 어릴 때 꿈이 화가였고 여전히 그림 그리는 걸 좋아했다. 그러나 그림을 잘 그리는 아이들은 쌔고 쌨고, 자신에게 재능을 능가할 만한 뚝심이 있는 것 같지도 않았다. 나이가 들수록 어릴 적 꿈이 화가였다는 것도 잊을 만큼 꿈은 점점 퇴색되었고, 알 수 없는 패배감만 쌓여 갔다.

희수는 물을 찾을 생각도 없이 사막에 널브러져 있는 낙타였다. 그런데 어린 희수가 그 낙타를 깨웠다.

한심하고 부끄러웠다.

그림 속 아이는 어디로 간 것일까. 더 늦기 전에 그림 속 아이를 찾고 싶었다.

희수는 얼마 뒤 학교를 그만두었다.

아빠보다 엄마를 설득하는 게 더 어려웠다. 초등학교 선생님인 엄마는 학교를 벗어나는 순간 딸의 인생이 나락으로 떨어진다고 생각하는 듯했다.

엄마가 꺾인 건 희수가 밤새 남긴 흔적 때문이었다. 희수가 울면서 종이 위에 끄적거린 그림 한 장에 엄마는 마음을 바꾸었다. 영혼 없이 학교에 있는 희수 모습이 담긴 만화풍의 그림이었다.

희수는 말이 해내지 못한 걸 만화가 해낸 것에 묘한 희열을 느꼈다. 그때 문득 판타지 같은 영상 하나가 스쳤다. 만화가로 성공한 희수가 방송에 출연해서 인생을 바꾼 에피소드를 들려주는 장면. 코끼리를 타고 하늘을 나는 것만큼이나 황당무계한 상상이었지만 잠깐이나마 기분은 좋았다.

엄마는 검정고시로 고등 과정을 마칠 것과 대학 입학, 두 가지를 조건으로 자퇴를 허락했다. 희수는 엄마를 안심시키려 요구하지도 않은 계획서를 만들어 보여 주었다. 운동, 학원, 독서, 도서관에서 공부, 그림 그리기 등으로 알차게 채운 계획서를 본 엄마 얼굴은 한결 편안해졌다.

희수는 틈틈이 미술관도 찾아다니고, 학교 밖 청소년을 위한 꿈드림 센터에도 나갈 생각이었다. 인터넷을 통해 알게 된 꿈드림 센터는 학교 밖 청소년들이 모여 공부도 하고 다양한 활동도 할 수 있는 곳이었다. 희수의 여러 계획 중에 엄마가 가장 반긴 것이었다. 딸이 우주 미아가 되어 버린 듯 노심초사하던 엄마에게 그곳은 우주 보호소와도 같았으리라.

학교를 그만두자마자 희수는 머리를 어깨 길이로 자르고 파란색으로 염색했다. 전부터 꼭 해 보고 싶은 것이었다.

처음 얼마간 희수는 학교 밖 생활이 즐거웠고 보람찼다.

미술 학원 대신 선택한 애니 만화 학원 수업은 무척 재미있었다. 막연히 좋아했던 그림에 방향성이 생기니 탄력이 붙는 느낌이었다. 자신이 주도적으로 짠 스케줄대로 움직이는 건 짜릿했고, 쉽지 않은 결단을 내린 용기에 자존감도 부쩍 올라갔다.

불안감도 없지는 않았다. 센터에서 필요한 과목 수업을 듣고는 있지만, 검정고시를 통과할 수 있을지 걱정되었다. 자율 학습까지 마치고 밤이 되어서야 집으로 돌아가는 학교 아이들을 보면 조바심도 일었다.

그런데 희수를 가장 괴롭히는 건 따로 있었다. 쟤, 학교 그만뒀대. 무슨 일 있었나? 요즘 학교 폭력도 많다던데 혹시? 앞길이 훤하네. 부모 속깨나 끓이겠어…. 학교라는 울타리를 벗어났다는 것 하나만으로 사람들은 색안경을 쓰고 희수를 보았다. 그리고 함부로 재단했다.

희수는 증명하고 싶었다. 그들이 틀렸다는 것을.

희수는 나사를 더 세게 조였다.

비교적 순조롭게 학교 밖 생활을 이어 가던 중 느닷없이 복병이 나타났다.

왜, 하필, 그때, 그곳을 지나간 걸까? 왜 그날은 귀에 이어폰을 꽂고 있지 않았을까?

아파트 상가에 있는 미용실 앞을 지날 때였다. 안에서 손님이 나오고 문이 채 닫히기 전.

"쟤, 학교를 그만뒀다더니 살이 더 찐 거 같아."

미용실 안에서 들려오는 소리가 못으로 찌르듯이 귓속으로 파고들었다.

희수는 집으로 돌아오자마자 체중계에 올라섰다. 1 킬로그램쯤 늘었을까?

희수는 거울 앞에 섰다. 전이랑 크게 달라 보이지 않았다.

희수는 먹는 걸 좋아했고 살집이 있는 편이었다. 날씬한 아이들을 보면 부럽기도 했지만, 체중에 크게 신경 쓰지 않았다. 뭐 어때? 무슨 배짱인지 모르겠지만 그렇게 생각했다. 넌 뚱뚱해도 운동선수처럼 살이 딴딴해서 예뻐, 조카 바보인 이모 말을 믿어서가 아니었다. 여드름이 심해 얼굴이 멍게처럼 되었을 때도 귀엽다고 하는 이모 말을 믿을 정도로 순진하진 않았다.

희수는 먹는 양을 대폭 줄이고 하루에도 몇 번씩 체중계에 올라갔다. 몸무게 1킬로그램이 빠지면 점수가 1점 오르는 기분이었다. 공붓벌레들이 시험 점수 1, 2점에 안달하는 심정이 처음으로 이해되었다.

희수는 사나흘 정도 잘 참다 한 번씩 폭식했다. 주로 홀로 있는 점심때. 꾹꾹 눌러 오를 대로 오른 식욕을 도무지 제어할 수가 없었다. 피자 한 판, 치킨 한 마리를 혼자 다 먹었고, 냉장고에 먹을 게 남아나지 않을 정도로 먹어 치웠다. 브레이크가 고장 난 자동차가 내리막길을 달리듯 식욕을 제동하지 못한 채 폭식하고 나면 불안감이 엄습했다.

처음에 줄어드는 듯하던 몸무게는 더 늘었다. '학교를 그만두더니'란 말 뒤에 이어지는 사람들의 부정적인 꼬리표가 귀에 쟁쟁했다.

어느덧 몸무게는 희수에게 점수판이 되어 버렸다. 몸무게가 오를수록 성적은 떨어졌다.

희수의 외출은 점점 줄었다. 희수가 태어날 때부터 살아온 아파트라 집만 나가면 아는 얼굴들이었다. 희수는 학원 갈 때를 빼고는 거의 집에서 지냈다. 형편없는 성적표를 꽁꽁 감추기 위해서는 그래야 했다. 꼭 나가야 할 땐 모자를 눌러쓰고 이어폰을 귀에 꽂고 땅바닥만 보고 다녔다.

점수판에 대한 희수의 집착은 날로 심해졌다. 몸무게만으로 매겨지는 점수판.

점수는 점점 떨어졌다. 희수는 점점 불안했고, 점점 폭식했고, 점점 부모님께 면목이 없었다.

희수는 손가락을 입에 넣었다. 토하고 나면 극에 달한 불안감과 두려움도 음식물과 함께 쓸려 갔다. 체중계 수치가 올라가고 점수가 떨어질 거라는 불안감. 실패자가 되었다는 두려움.

그다음에 다시 토하고 싶어질 때면 마음속으로 주문처럼 되뇌었다.

이번 딱 한 번만!

한 번은 두 번이 되었고 두 번은 세 번이 되었다.

변기에 토하고 난 뒤 뒤처리를 신경 썼는데도 엄마의 예민한 후각을 피할 수 없었다. 요즘 화장실에서 왜 이렇게 시큼한 냄새가 나지? 엄마 말에 희수는 가슴이 철렁했다.

마음 놓고 토할 곳이 필요했다. 배달 음식의 일회용 용기 처리도 문제였다.

희수는 동물이 영역을 찾아 배회하듯이 화장실을 찾아 헤맸다. 집에서 10분도 안 걸리는 곳에 있는 공중화장실을 보았을 때 보물을 찾은 듯이 기뻤다. 그곳은 마음 편히 토할 수 있고, 쓰레기도 버릴 수 있는 최적의 장소였다.

희망 공원에서 토하는 게 꽤 익숙해졌을 무렵이었다. 토한 뒤 휴지로 변기를 말끔히 훔치고 나오는데 문밖에 여자아이가 서 있었다.

"저, 괜찮으세요? 속이 불편하신 거 같은데…. 혹시 도움이 필요할까 해서…."

여자아이 손에는 두 번 접은 정사각형 티슈가 들려 있었다. 언뜻 보았는데도 그것은 네 귀가 맞게 잘 접혀 있었다. 희수가 껙껙거리는 소리를 밖에서 다 들은 모양이었다. 창피했다.

"신경 쓸 거 없어요."

희수는 날카롭게 쏘아붙였다. 그리고 입 헹구는 것도 잊은 채 밖으로 나왔다.

입속이며 목구멍이 시금털털했다. 침을 뱉어도 찝찝한 뒤끝은 가시지 않았다. 속이 비어 더 토할 게 없는데도 구역질이 났다. 희수는 연거푸 올라오는 신물을 뱉어 냈다.

고약한 건 입안뿐이 아니었다. 상대방의 선의를 무참히 짓밟은 자신이 참을 수 없을 만큼 역겨웠다. 목마를까 봐 내미는 물바가지를 내동댕이친 꼴이었다.

희수는 점점 이상한 괴물이 되어 가는 듯한 자신이 두려웠다.

실패자, 낙오자, 패배자, 문제아, 날라리. 사람들이 함부로 붙인 꼬리표들을 떼어 내고 그들이 틀렸다는 걸 증명하고 싶었는데…. 다시 돌아가서 그 아이에게 사과하고 싶었지만 이미 늦었다.

희수는 그림 속 어린 희수에게 미안했다. 너를 다시 찾아 주고 싶었는데….

학교를 그만둔 지 5개월 남짓. 온통 몸무게에 신경이 쏠려 다른 것에 집중하기 어려웠다. 그나마 학원에서 그림 그릴 때만은 먹는 것과 체중을 잊을 수 있었다.

이틀 동안 먹은 것이라곤 계란프라이 두 개, 미역국 조금, 고구마 두 개가 전부였다. 점심때가 되자 밀려오는 식욕을 참을 수 없었다. 집에 혼자 있었다면 라면 세 개는 기본이고 냉장고를 뒤져 닥치는 대로 먹었을 것이다.

희수는 친구를 만나러 간다고 둘러대고 밖으로 나왔다.

분식집에서 라면이랑 떡볶이를 시켜 먹고 김밥이랑 만두는 포장해서 나왔다. 사람들 앞에서 차마 코끼리처럼 먹어 치울 수는 없었다.

희수는 공원으로 가 인적이 드문 벤치에서 포장해 온 음식을 누가 볼세라 허겁지겁 먹어 치웠다. 그리고 화장실에서 토하고 나서 나오다 춤 공연을 보게 된 것이었다.

방금 물아일체가 되어 춤추던 아이들. 그들의 눈은 열정으로 빛났고 몸에서는 활력이 넘쳤다. 특히 여자아이 모습이 머릿속에서 지워지지 않았다. 비둘기색 후드 티에 와이드 팬츠를 입고 격정적으로 춤추던 모습. 남자들 틈에 혼자만 여자라는 것도, 헐렁한 옷 속의 살찐 몸도 그 아이에겐 중요해 보이지 않았다. 아무것도 의식하지 않은 채 오로지 춤에만 빠진 모습. 멋졌다. 행복해 보였다. 그리고 자유로워 보였다. 희수는 그 아이가 부러웠다.

어쩌다 몸무게가 자신의 성적표가 되어 버린 것일까. 만약 부모님이나 선생님이 그것을 성적의 기준으로 삼았다면 말도 안 된다며 게거품을 물고 펄쩍펄쩍 뛰었을 것이다. 그런데 희수 자신이 그런 엉터리 표준을 설정한 것이었다.

브레이크가 고장 난 자동차를 멈출 수 있을까?

희수는 아침 일찍 모자를 눌러 쓰고 집을 나섰다. 꽃샘추위로 공기가 찼다. 옷 속으로 파고드는 싸늘한 공기에 몸은 웅크려졌지만, 마음은 상쾌했다. 학교에 가듯이 규칙적으로 산책을 나온 지 2주가 넘었다. 엄마가 왜 산책을 권했는지 이제 좀 알 것 같았다.

야외 공연장에서 춤 공연을 본 날 밤, 희수는 잠을 이룰 수 없었다.

다른 아이들은 모두 신나서 들판을 뛰어다니는데 자신 앞엔 산이 가로막고 있는 느낌이었다. 산을 넘고 싶었지만 그럴 엄두조차 나지 않았다. 자신은 점점 쪼그라들었고 산은 점점 더 거대해졌다.

배가 터지도록 먹으면 모두 사라질 것 같았다. 엄마 아빠에 대한 미안함도, 예전으로 돌아갈 수 없을 것 같은 두려움도. 그 순간만큼은 아무 생각 없이 먹는 것에만 집중할 수 있으니까. 먹는 대로 한 치의 거짓 없이 속이 꽉꽉 채워질 테니까.

낮에 먹은 건 다 토했고, 저녁엔 야채 샐러드만 먹어 실제로 허기지기도 했다.

희수는 한밤중에 몰래 물을 끓였다. 방에 감추어 놓은 컵라면

이 잔뜩 있었다.

　주전자 가득 끓인 물을 들고 방으로 들어가는데 방에서 엄마가 나왔다. 희수는 방문 앞에서 그대로 얼어붙었다. 그리고 울음이 쏟아졌다.

　희수는 모든 걸 털어놓았다. 지금까지 어떻게 지내 왔는지. 폭식한 뒤 다 토한 직후처럼 속이 시원했다.

　희수는 기다렸다. 그것 보라고, 엄마가 처음에 학교 그만둔다고 했을 때 말리지 않았냐고, 잘 해내겠다고 큰소리치더니 이 꼴이 뭐냐고…. 무슨 말이든 다 들을 각오가 되어 있었다.

　엄마는 아무 말도 안 하고 희수를 안아 주었다. 그리고 등을 쓸어 주었다. 아주 오래.

　엄마는 말했다. 다른 건 다 안 해도 괜찮으니까 아침 점심 저녁 하루 세 번 산책만 하라고.

　다음 날, 희수는 일어나자마자 집을 나섰다. 봄이 오려다 다시 한겨울로 돌아간 걸까. 찬바람이 얼굴을 때려 몸이 저절로 움츠러들었다.

　어둠이 완전히 걷히기 전의 어스름한 공원은 낮이랑 느낌이 사뭇 달랐다. 잠에서 깨 기지개를 켜듯 몸을 곧추세우는 나무들, 밤새 젖은 날개를 파닥이며 수선스러운 새들, 옷깃을 여미고 공원을 걷는 사람들…. 저마다 아침을 맞이할 준비를 하고 있었다. 왠지 가슴이 숙연해졌다.

떡갈나무 숲 초입에 세워져 있는 시비 옆, 나무로 만든 고양이 집에 털빛이 누런 고양이가 있었다. 낮에 화장실 근처에서 몇 번 본 적 있는 고양이였다. 겁이 많아 눈만 마주쳐도 쏜살같이 철쭉나무 숲으로 숨어 버리던 고양이.

고양이는 희수랑 눈이 마주치자 집에서 뛰쳐나와 뒤쪽 철쭉나무 숲으로 숨었다. 여차하면 다시 도망칠 기세로 그 안에서도 경계를 풀지 않은 채 희수를 주시하고 있었다. 괴롭힘을 당한 상처라도 있는 걸까?

납작이. 누룽지. 사람들이 그렇게 불렀던 것 같았다. 갈색 털빛에 얼굴이 동글고 납작해 둘 다 썩 잘 어울리는 이름이었다.

희수는 주머니에서 손바닥만 한 드로잉북을 꺼냈다. 그리고 철쭉나무 숲에 몸을 웅크린 채 잔뜩 겁먹은 모습의 고양이를 그렸다. 얼굴을 그린 다음 몸통을 그릴 무렵, 진눈깨비가 가끔 드로잉북 위로 떨어졌다.

그림 속 고양이를 보니 꼭 희수 자신 같았다. 사람들 눈을 피해 숨어 다니는 겁보. 납작이. 누룽지.

희수는 고양이에게 다른 이름을 붙여 주고 싶었다.

써니. 희수는 고양이 그림 옆에 이름을 썼다. 음지에 숨어 있지 말고 양지로 나오길 바라는 마음으로.

떡갈나무 숲을 가로질러 막 노인 복지 회관을 지났을 때였다. 보도블록 길을 따라 걷고 있는데 멀리 그 아이가 보였다. 청바지에 검정색 점퍼, 그때랑 옷차림이 같아 금방 알아볼 수 있었다. 그 아이는 벤치에 무언가 놓고는 도망치듯이 공원을 빠져나갔다.

희수는 벤치 쪽으로 가까이 가 보았다. 그곳엔 노숙자가 몸을 떨며 누워 자고 있었다. 그리고 머리맡에 핫 팩이랑 두유가 놓여 있었다.

핫 팩이랑 두유 위로 반듯하게 잘 접힌 티슈가 겹쳐 보였다. 화장실 안에서 희수가 나오기를 기다리며 손에 들고 있었던 것. 핫 팩, 두유, 티슈. 그것들에서 그 아이의 마음이 보였다.

희수는 핫 팩이랑 두유에서 오래도록 눈을 뗄 수가 없었다.

소나무 숲 오솔길로 접어들었을 때, 멀리 철봉에서 누군가 묘기를 부리는 모습이 보였다. 희수는 그 애가 이온이라는 걸 바로 알았다. 이온은 학교에서 춤뿐만 아니라 철봉 묘기로도 유명했다.

희수는 모자를 더 깊이 눌러쓰고 돌아섰다. 그리고 도망치듯이 공원을 벗어났다. 그런 자신이 싫으면서도 어쩔 수 없었다. 누군가를 대면할 생각만으로도 가슴이 두근거리고 얼굴이 달아올랐으니까. 전에 없던 증상이었다.

희수는 첫날 뒤로 다시는 그 시간에 공원을 산책하지 않았다. 아이들과 마주치지 않을 시간으로 늦추었다.

2월이 지나고 3월로 접어들면서 공원은 하루하루가 달랐다. 나무들 모두 잔치에 나갈 채비를 하듯 꼭꼭 숨겨 두었던 빛깔들을 꺼내 몸에 둘렀다. 희수는 공원을 걸으면서 구석구석 그림으로 담았다. 고양이들, 각기 다른 고양이 집들, 정자, 산책하는 사람들….

써니는 시비 앞을 어슬렁거리고 있었다. 희수는 북어로 만든 큐브형 간식을 밥그릇에 담아 준 뒤 열 발짝쯤 물러섰다. 써니는 슬금슬금 다가가 간식을 먹으면서도 경계심을 풀지 않았다. 간식을 챙겨 준 지 여러 날 되었는데도 여전했다. 써니도 언젠가 다른 고양이들처럼 손바닥 위에 놓인 간식을 먹게 될까?

써니가 간식을 다 먹을 때까지 지켜본 뒤, 희수는 떡갈나무 숲을 걸었다.

희수는 다시 생각에 골몰했다.

어떤 이야기를 담을까?

희수는 만화 공모전을 준비 중이다. 다른 생각이 끼어들 틈이 없을 만큼 그것에 집중할 수 있어서 좋았다. 그 덕분에 먹는 것에 집착하는 것도 훨씬 줄었다. 세 끼를 적당량 꼬박꼬박 챙겨 먹는 것으로 식습관을 바꾼 뒤 많이 좋아졌지만, 아직도 스트레스를 받을 때면 폭식 충동이 일곤 했다. 그럴 때면 무조건 밖으로 나가 공원을 걸었다.

희수는 과제를 잘하고 싶었다. 학교라는 울타리를 나왔어도 잘 지내고 있다는 것을 증명하고 싶었다. 이번에는 다른 사람이 아니라 자신에게. 전에는 왜 그렇게 다른 사람에게 자신을 증명하려 집착했던 걸까? 희수는 어려운 시간을 보내면서 깨달았다. 나는 그냥 나면 된다는 것을. 자신의 존재를 증명해야 할 사람이 있다면 그것은 오로지 자신뿐이었다.

학교를 그만둔 것은 결과에 따라 좋은 선택일 수도, 그렇지 않은 것일 수도 있다. 그것을 가름하는 것은 오로지 자신뿐. 희수는 그것을 좋은 선택으로 만들고 싶었다.

생각에 잠긴 채 떡갈나무 숲을 걷다 희수는 깜짝 놀랐다. 몇 발짝 앞에서 갑자기 땅이 우르르 일어서는 게 아닌가. 땅이 꺼지는 건 보았어도 땅이 벌떡 솟아나다니!

참새떼였다. 그렇게 많은 참새를 본 건 처음이었다.

희수는 마술 연필을 손에 쥔 듯이 가슴이 설렜다. 방금 본 장면이 자신의 만화에 언젠가 요긴하게 쓰일 것 같다는 예감 때문이었다. 희수는 창고에 곡식을 쌓아 놓듯이 이야깃거리나 인상적인 장면들을 차곡차곡 모으는 중이었다.

노인 복지 회관을 지나자 눈앞이 환해졌다. 호국 영령 기념탑 주변으로 노란 산수유 꽃이 가득했다.

희수는 정자 옆을 지나다 걸음을 멈추었다. 정자에 놓인 산수유 꽃병 때문이었다. 그것을 보는 순간, 모닥불을 쬐듯이 가슴이 따스해졌다.

희수는 이 따사로운 풍경을 만든 사람이 누구인지 알았다. 핫팩과 두유를 벤치에 두고 간 아이. 그 아이가 일으킨 나비 바람이었다. 나비의 작은 날갯짓이 만들어 낸 변화. 문득, 공원을 화사하게 밝히고 있는 산수유 꽃도 그 아이가 피운 게 아닐까, 그런 생각이 들었다.

희수는 능수벚나무 아래 나무 그루터기에 앉았다. 그리고 휴대폰을 꺼내 방금 찍은 사진을 보며 그림을 그렸다. 그 아이를 생각하면서 아주 정성껏.

정자를 그린 뒤 노숙자 머리맡에 놓인 핫 팩이랑 두유 병을 그리는데, 희수는 문득 화장실에서 그 아이에게 무례했던 기억이 떠올랐다. 얼굴이 화끈거렸다.

그림을 다 그렸을 때, 머릿속에서 이야기 한 토막이 번개처럼 스쳤다. 완벽한 스토리였다. 마치 이 모든 것이 희수를 위해 아주 오래전부터 준비되었던 듯이.

제목도 생각해 두었다. 핫 팩과 두유.

마법 같았다. 단지 과제에 집중하면서 산책만 했을 뿐인데…. 온몸이 찌릿하면서 소름이 돋았다.

내일은 공원에 일찍 나와야겠다고 희수는 생각했다. 이온에게도 뒤늦은 인사를 전할 생각이었다.

나무와 새들과 함께 아침을 맞을 생각을 하니 벌써 가슴이 설렜다.

일곱 번째 이야기,

바질의 마음

떡갈나무 숲 끝에 작은 샛길이 보였다. 공원이 밤새 품어 낳아 놓은 것일까. 처음 보는 길이다. 나무들이 빼곡해 한 사람이 겨우 빠져나갈 만큼 길이 좁았다. 고불고불 샛길을 빠져나오자 거대한 미로 숲이 펼쳐져 있었다.

수하는 설레는 마음으로 미로로 들어섰다. 처음엔 길 찾기가 재미있었다. 그런데 점점 깊숙이 들어가 미로 속에 갇혀 버리자 등에서 식은땀이 흘렀다. 아무리 찾아도 막다른 길만 보일 뿐 출구는 나오지 않았다.

공포에 질려 두리번거리는데 미로 밖에 정인이가 보였다. 수하는 구세주를 만난 듯 기뻐 손을 흔들었다. 정인이는 수하를 보더니 싸늘하게 미소 지었다. 그리고 쌩하니 가 버렸다.

꿈에서 깼는데도 찬물을 끼얹은 듯 몸이 선득했다. 수하는 뼈

아프게 깨달았다. 세상에서 가장 차갑고 무서운 것은, 사랑하는 사람이 냉랭하게 변한 모습이라는 것을.

배가 고팠다. 전날 집에서 먹은 거라곤 뻣뻣해진 식빵 두 쪽이 전부였다.

냉장고엔 우유 한 모금, 빵 한 쪽, 달걀 한 알 없었다. 마요네즈, 케첩, 각종 소스가 담긴 병이 몇 개 있을 뿐 거의 텅텅 비어 있었다. 라면을 찾아보았지만, 묶음 라면을 싸고 있던 빈 봉지만 허물 벗은 뱀 껍질처럼 나뒹굴고 있을 뿐이었다.

아빠가 집을 나가 연락이 끊긴 지 한 달이 훨씬 넘었다. 미세한 유리 파편이 난무하듯 하던 집안 공기는 무겁게 가라앉았고, 엄마는 넋 빠진 사람처럼 시르죽어 있었다. 눈은 멍하니 초점이 없었고 목소리도 듣기 어려웠다. 차라리 악으로 똘똘 뭉쳐 있을 때가 나았다. 허깨비 같은 엄마에게는 화를 내기도 어려웠다. 바람 빠진 풍선에 구멍을 낸다 한들 무슨 소용이랴.

수하가 방 안의 모서리들과 보이지 않는 싸움을 하는 동안 엄마도 그 무엇과 싸우고 있는 걸까?

엄마는 종일 침대에서 나오질 않다가 아주 가끔, 집에서 입는 옷에 겉옷만 걸치고 잠깐 나갔다 오곤 했다. 돌아올 땐 종량제 봉투에 우유나 라면, 계란, 식빵 같은 것들을 사 들고 왔다. 이사 올 때 처분하고 남은 것들을 중고 사이트에서 마저 팔아 푼돈을 마련하는 듯했다.

수하도 옷이랑 가방, 신발 같은 것들을 팔았다. 어렸을 때부터 세뱃돈이며 친척들이 주는 용돈을 차곡차곡 모은 통장은 이미 털린 지 오래였다. 옷가지를 팔아 마련한 천금 같은 비상금을 수하는 아끼고 또 아껴 썼다. 나이가 어려 아르바이트도 할 수 없는 마당이었다.

수하는 점퍼를 걸치고 공원으로 갔다. 공원이 없었다면 세모 방에 갇혀 숨이 막혀 버렸을지도 모른다. 아니면 뾰족한 모서리에 심장이 찔려 죽었거나. 집 옆에 공원이 있다는 게 새삼 고마웠다.

새벽안개 속에서 부스럭부스럭 분주히 몸을 움직인 새들이 봄을 물고 온 걸까? 딱딱하게 굳어 있던 나뭇가지마다 물이 올랐고, 메말랐던 땅도 초록빛 얼굴들을 꼬물꼬물 밀어 올렸다.

공원은 찐빵이 부풀 듯 나날이 부풀어 올랐다.

노인 복지 회관 주변의 산수유는 잎을 피우기도 전에 꽃망울을 터트렸다. 공원이 환했다.

오늘도 정자는 담배꽁초 하나 없이 말끔했다.

그뿐 아니었다. 정자를 환히 밝히고 있는 노란 산수유 꽃병. 누가 가져다 놓은 걸까? 그 사람의 마음이 더해져서인지 봄 햇살을 모아 놓은 듯 꽃망울이 더 곱고 화사해 보였다.

산수유 꽃 가지가 발을 담근 병을 본 순간, 수하는 가슴이 쿵 내려앉았다. 진눈깨비가 내리던 날, 수하가 핫 팩과 함께 벤치에 놓아두었던 두유 병이었다. 그러고 보니 정자가 깨끗해진 것도, 노숙자가 부쩍 단정해진 것도 그 무렵부터였던 것 같았다.

노숙자는 정자 아래쪽 운동 기구에서 턱걸이를 하고 있었다. 그 모습은 마치 나무늘보가 초원을 달리는 것만큼이나 낯설어 보였다.

수하는 누가 볼세라 부랴부랴 꽃병 사진을 찍은 뒤 총총 자리를 떴다.

다음 날, 소나무 숲 오솔길 쪽으로 가고 있는데 수하 아지트에 누군가 보였다. 그 사람은 소나무 숲에서 놀고 있는 모모를 종이 위에 그리고 있었다. 모자 아래로 삐죽 나온 파란 머리를 보는 순간 수하는 움찔했다. 언젠가 화장실에서 마주쳤던 언니 같아서였다. 싸늘한 눈빛과 목소리가 아직도 생생했다.

수하는 그 언니가 볼세라 얼른 뒤돌아섰다.

"저기, 잠깐만!"

수하는 놀라 얼어붙은 듯 섰다.

파란 머리 언니가 일어서 수하에게 다가왔다. 가슴이 두근거렸다.

"전에 우리, 화장실에서 만났었지?"

수하는 고개를 끄덕이면서 그때 실수한 게 있었던가 되짚어 보았다.

"그때 미안했어. 내가 좀 예민해 있을 때라…. 두고두고 맘에 걸렸어. 날 도와주려고 했던 거 같은데….”

파란 머리 언니는 뒤통수를 긁적이며 말했다.

“이거, 내가 그린 건데, 사과하는 마음으로….”

파란 머리 언니는 드로잉북에서 그림 한 장을 뜯어 주었다.

그림은 한눈에 보아도 솜씨가 돋보였다. 정자에는 산수유 꽃병이 놓여 있고, 벤치 위에는 노숙자가 누워 있고, 그 주변에 모락모락 아지랑이가 일렁이며 노란 나비가 나는 그림. 그림 아래 귀퉁이에 사인처럼 작은 그림이 있었다. 모자를 거꾸로 쓰고 사다리 위에 올라 달에 그림을 그리는 여자아이. 그림 옆에 ‘H.S’라고 이니셜이 쓰여 있었다.

“어? 이 그림 본 적 있는데. 저기, 담장에 이거랑 똑같은 그림이 있는데 그림이 너무 깜찍해서 기억나요.”

수하는 소광장 쪽을 가리켰다.

“아, 맞아. 내가 초등학교 3학년 때 그린 거야.”

파란 머리 언니가 싱긋 웃었다. 수하는 유명 연예인을 길에서 우연히 만난 듯 신기했다.

수하는 벤치 그림을 다시 들여다보다 깜짝 놀랐다. 노숙자 머리맡에 놓여 있는 핫 팩이랑 두유 병 때문이었다. 수하는 놀라 파란 머리 언니를 보았다.

“전에 공원에 왔다가 우연히 봤어. 벤치에 핫 팩이랑 두유 놓고 가는 거.”

"아!"

"이온이랑 친구 같던데…."

놀람의 연속이었다. 감시 카메라에 일거수일투족이 통째로 노출된 느낌이었다. 수하 눈은 동그래졌고 입은 자동으로 뾰족 튀어나왔다.

"아, 미안! 뒷조사한 건 아니야. 야외 공연장에서 춤 공연할 때 왔었지? 나도 지나다가 봤는데, 그때 이온이 네 이름을 불렀던 거 같아서. 이온인 2년 후배인데 어쩌다 조금 알고 지내는 사이야. 걘 학교에서 워낙 유명하잖아. 아, 난 희수야. 신희수."

"난 정수하요. 그럼 언닌 지금 고등학생?"

수하는 파란색 염색 머리 때문에 대학생이거나 일반인인 줄 알았다.

"그랬었지."

그럼 지금은 아니란 건가?

희수 언니는 수하 얼굴을 보더니 어깨를 으쓱하며 말했다.

"지금은 아니야. 1학년 때 그만뒀거든."

희수 언니 말에 머리가 쭈뼛 서며, 찌르르 가슴에 통증이 느껴졌다.

"뭘 그렇게 놀라? 학교 그만둔 게 그렇게 놀랄 일이야?"

"그, 그게 아니라, 친구도 학교를 그만뒀는데, 그게…."

안에서 울컥 올라와 수하는 말을 잇지 못했다. 와락 눈물이 쏟아졌다.

"왜 그래?"

이번엔 희수 언니가 놀라 물었다.

울음이 더 복받쳤다.

희수 언니는 수하 어깨를 감싸안고 벤치로 데리고 갔다.

수하는 한참 울었고, 희수 언니는 가만히 옆에 있어 주었다. 가끔 등을 토닥여 주면서.

수하는 정인이를 배신한 자신을 용서할 수 없었다. 더구나 정인이가 자퇴했다는 말에 극심한 죄책감에서 벗어날 수 없었다. 혼자만의 속앓이였다. 그러던 중에 희수 언니가 자퇴했다는 말에 꾹꾹 눌러 둔 것이 한순간에 터져 버린 것이었다.

수하는 누구에게도 털어놓을 수 없던 이야기를 털어놓았다. 타국에서 오랜만에 모국어가 통하는 사람을 만나 말문이 터진 사람처럼. 난데없는 눈물의 이유를 달리 설명할 수도 없었다.

3월이 지나고 4월 첫날. 식탁엔 토스트 한 쪽이랑 우유만 달랑 있었다. 엄마는 딸의 생일도 모르는 걸까? 수하는 미끌미끌한 미역국을 별로 좋아하지 않는데도 서운했다.

수하는 혹시나 하는 마음에 가스레인지 위 냄비 뚜껑을 열어 보았다. 냄비엔 시뻘건 라면 국물이랑 건더기 몇 가닥이 들러붙어 있었다. 개수대 안엔 설거짓거리가 수북했다.

수하는 우유도, 토스트도 손대지 않았다. 아직도 모르는 걸까? 엄마가 따라 놓은 우유나 음료수를 딸이 절대로 먹지 않는다는 것을.

수하는 엄마를 믿을 수 없었다. 일가족 숨진 채 발견, 종종 눈에 띄는 뉴스 기사가 이제 남의 일 같지 않았다. 수하는 매일 독살당하지 않기 위해 두 눈을 부릅떴다. 다 같이 죽어 버리자던 엄마 말, 그것은 갓 잡아 올린 물고기처럼 아직도 귓속에서 퍼덕거렸다.

이온 말을 빌자면 수하에게 엄마는 지켜야 할 빛이었다. 그런데 적어도 빛이라면 반딧불이만큼이라도 빛나야 하는 게 아닐까. 엄마는 알까? 아침에 일어났을 때, 학교에서 돌아와 문을 열 때마다 딸이 불안에 떠는 것을. 수하 눈에 엄마는 그토록 위태해 보였다. 언젠가 수하도 이온처럼 단단해질 수 있을까?

지난 토요일 아침, 이온은 알바비를 탔다며 편의점에서 삼각 김밥이랑 컵라면을 샀다. 그때 삼각 김밥의 세 귀퉁이를 먼저 베어 먹는 수하에게 이온은 왜 그렇게 먹냐며 핀잔했다. 수하는 자신이 그렇게 먹고 있다는 것조차 의식하지 못했다. 수하는 이온에게 세모 방 이야기와 함께 모서리 공포증이 생긴 이야기를 들려주었다. 아빠 사업이 망해서 이사 오게 된 이야기와 함께.

수하가 말을 마치자 이온도 자신의 이야기를 들려주었다. 아빠가 돌아가시고 아픔을 딛고 일어선 이야기를. 이온은 그때 말했다.

"아빠가 돌아가시고 나서 깨달은 게 있어. 아무리 암흑 같아도 그 안엔 꺼트리지 않아야 할 빛이 남아 있다는 거야. 엄마가 내게 빛이라는 걸 뒤늦게 깨달았어. 난 앞으로 살면서 아무리 어려운 일이 닥쳐도 꼭 기억할 거야. 아직 빛이 남아 있으리란 걸."

수하는 이온의 춤에 배어 있던 슬픔을 그제야 이해할 수 있었다. 춤을 보면서 물풍선이 터지듯이 안에서 무언가 툭 터졌을 때 얼마나 당혹스러웠던가. 마구 엉킨 실타래가 비로소 풀린 느낌이었다.

수하는 가방을 메고 집을 나서려다 다시 돌아섰다. 그리고 공책 한 장을 북 찢어 낸 뒤 볼펜을 꺼내 글씨를 썼다.

요청 사항

1. 태어난 건 내 의지가 아니지만 죽는 건 내 의지로 죽을 것임.

   그러니 절대로 함께 죽을 생각 말 것. 그것은 명백한 살인임.

2. 내가 성인이 될 때까지 최소한의 부양 의무를 져 줄 것.

3. 우리 집에 일어나는 중대한 일은 내게도 설명해 줄 것.

* 위 요청 사항을 성실히 이행해 주기 바람.

수하는 종이를 탁자 위에 놓았다가 냉장고 문에 붙였다.

드르륵, 교실 문을 열자 환호와 함께 박수 소리가 들렸다.

"정수하, 생일 축하해!"

하늘색이랑 분홍색 풍선 두 개가 띄워져 있는 책상 위엔 미니 케이크가 놓여 있었다. 하트 모양 초에 작은 불꽃이 일렁였다. 촛불 위로, 시간 맞춰 불을 붙이느라 분주했을 친구들 모습이 아른거렸다.

민들레가 얼떨떨해 문 앞에 서 있는 수하 손을 잡아끌었다.

"생일 축하합니다. 생일 축하합니다. 사랑하는 정수하…"

아이들이 큰 소리로 노래를 불렀다.

노래가 끝나자 이온이 물었다.

"맹하, 오늘 생일 맞지?"

수하가 고개를 끄덕이자 이온이 투정하듯이 말했다.

"메신저 보고 알았어. 근데 무슨 생일이 만우절이야? 꼭 거짓말 같잖아."

하필 생일이 만우절이라서 생일이라고 해도 아이들은 잘 믿지 않았다. '에이! 뻥치지 마. 오늘 만우절이잖아. 누가 속을 줄 알고?' 아이들 반응은 한결같았다.

민들레가 활짝 웃으면서 말했다.

"수하야, 참고로 내 생일은 8월 15일, 광복절이야. 민들레 님의 생일을 기념하라고 나라에서 꼬박꼬박 놀게 해 주니까 절대

잊지 마! 수하야, 얼른 소원 빌고 촛불 꺼."

수하는 눈을 감고 소원을 빌었다.

'아빠가 무사히 돌아오게 해 주세요. 우리 가족이 다시 일어서게 해 주세요.'

촛불을 끄자 민들레는 손가락으로 크림을 찍어 수하 볼에 묻혔다.

"얘들아, 사진 찍자. 수하에게 예쁨 몰아 주기다!"

민들레 말에 아이들은 얼굴을 찡그리거나 괴상한 표정을 지었다. 이온은 민들레의 어깨를 짚고 몸을 공중으로 띄웠다.

"수하야, 생일 선물이야. 열어 봐."

민들레가 작은 종이 가방을 내밀었다.

종이 가방 안에는 연녹색 플라스틱 화분이 들어 있었다. 화분을 위아래로 감싼 종이에 이름이 보였다. 스위트 바질.

수하는 화분 사이에 꽂힌 카드를 열었다. 카드엔 깨알 같은 글씨가 쓰여 있었다.

수하야♡ 생일 축하해.

바질 싹을 잘 틔워서 키워 봐.

그리고 바질이 크면 바질 잎을 손으로 흔들어 봐.

그럼 까르르 웃으면서 향기가 진동할 거야. 너처럼.

일곱 번째 이야기, 바질의 마음

너도 내가 흔들어 주면 까르르 웃잖아.

바질 씨앗은 아주 작고 여리니까 조심해야 해.

사람 체온에도 델 수 있거든.

- 들레 -

p.s. 스위트 바질의 꽃말은 '작은 희망'이래.

"예쁘게 잘 키워서 바질이 웃는 모습 꼭 봐."

민들레 말에 이온이 불쑥 끼어들었다.

"바질이 웃는다고? 울진 않냐?"

"응, 바질은 여리지만 아주 씩씩하거든."

민들레는 이온에게 새초롬하게 말했다.

"맹하, 내 생일 선물은 이 케이크야."

이온이 케이크를 가리키며 웃었다.

"얘들아, 고마워."

수하는 눈물이 핑 돌았다.

"어? 정수하! 감동한 거야? 감동 한 스푼 넣었는데 성공이네. 역시 나야, 나!"

민들레는 턱을 치켜들고는 자신의 머리를 쓰다듬었다.

"야, 민들레! 번지수가 틀렸잖아. 깜짝 파티 기획한 건 나거든!"

이온은 민들레 손을 자신의 머리 위로 가져갔다.

"야, 이온! 공만 있으면 축구가 되냐? 공을 차야지. 자전거가 바퀴만 있다고…."

"아, 제발 1절만 해. 민들레 어린이, 참 잘했어요!"

"진작 그럴 것이지."

수하는 친구들 모습에 웃음이 나왔다.

수하는 학교에서 돌아오자마자 냉장고 문을 살폈다. 종이는 보이지 않았다. 엄마가 보았다는 뜻이었다.

수하는 바질 화분을 꺼냈다. 플라스틱 화분 안엔 배양토랑 바질 씨앗이 따로 비닐봉지에 들어 있었다. 설명서에 적힌 대로 배양토를 화분에 넣고 분무기로 물을 뿌리자 푸석한 흙이 소르르 젖어 들었다.

수하는 바질 씨앗을 손바닥 위에 올려놓았다. 콧바람에도 날아갈 듯 작고 가벼운 씨앗 열 개. 이 여린 것 안에 생명이 들어 있다는 게 도무지 믿기지 않았다.

수하는 씨앗을 물끄러미 들여다보다가 놀라 황급히 종이 위로 옮겼다. 사람 체온에도 씨앗이 델 수 있다는 말이 떠올랐기 때문이었다.

방 안에 있으면서도 수하의 신경은 온통 밖에 가 있었다. 다른 때와 달리 수돗물 흐르는 소리, 냉장고 문 여닫는 소리, 도마에 칼질하는 소리가 연이어 들렸다. 느릿한 소리 위로 무표정한 엄마 얼굴이 포개졌다. 엄마는 손이 무척 빨라 잠깐이면 서너 가지 음식을 뚝딱 상에 차려 놓는 사람이었다.

상 위엔 미역국이랑 제육볶음, 두부조림, 김, 콩나물 무침, 계란프라이가 정갈하게 놓여 있었다. 반찬 개수도 늘어났거니와 제대로 갖추어진 상차림은 오랜만이었다.

수하가 밥을 다 먹어 갈 즈음, 밥알을 세듯 젓가락질을 하던 엄마가 입을 열었다.

"미안해."

뭐가 미안하다는 걸까?

"낮에 생각났어. 오늘이 네 생일인 줄."

수하가 생각한 것과는 다른 것이었다. 아침에 화가 났지만, 생일은 구실일 뿐이었고 그동안 쌓였던 게 한꺼번에 올라온 것이었다.

뭐라 대꾸할 말이 없어 방으로 들어가는데 엄마 목소리가 뒤따라왔다.

"노력할게."

수하가 붙여 놓은 요청사항에 대한 말인 듯했다.

수하는 방으로 들어가 문에 기대어 서서 숨죽여 울었다.

오늘은 싹이 올라왔을까? 수하는 일어나자마자 바질 화분을 살폈다.

　바질 씨앗을 심은 지 일주일째. 바질은 싹이 틀 기미조차 보이지 않았다. 설명서에는 7일에서 10일이면 새싹이 난다고 했고, 인터넷엔 사나흘 만에 올라왔다는 글도 꽤 있었다.

　수하는 분무기로 물을 뿌렸다. 밤새 말라 푸슬푸슬한 검은빛 배양토가 금세 촉촉해졌다. 수하는 흙 이불을 덮고 수면 중인 바질 씨앗이 눈을 뜨고 물을 머금는 모습을 그려 보았다.

　수하는 디지털카메라를 챙긴 뒤 방을 나섰다. 벽시계는 7시를 넘어서고 있었다.

　엄마가 어쩐 일로 탁자 앞에 앉아 있었다. 산발했던 머리를 한 가닥으로 묶은 엄마는 삼색 볼펜을 손에 쥐고 〈사통팔달〉을 뒤적이고 있었다. 부동산 거래, 구인, 구직 광고 등 각종 정보가 들어 있는 생활 정보지.

　수하가 현관문을 여는데 엄마 목소리가 들렸다.

　"공원 위험하진 않아? 조심히 다녀."

　수하는 현관문 밖으로 발을 떼다 잠시 멈추었다.

　"응."

　수하는 현관문을 닫고 밖으로 나왔다.

　밖이 훤했다. 하루하루 손톱만큼씩 해 뜨는 시간이 당겨지고 있었다.

　스위트빌 분리수거 함 앞에 빈 종이 상자들이 어지러이 쌓여 있었다. 양이 많은 것으로 보아 이사 온 세대가 있는 모양이었다.

수하는 종이 상자를 크기별로 정리해 안고 큰길로 향했다.

편의점 앞에 있던 할머니는 깜짝 놀라며 상자를 받아 들었다.

"뭐 하러 이렇게 힘들게 들고 와? 날 부르지."

"지난번, 김밥값이에요."

수하는 배시시 웃었다. 그리고 종이 상자를 수레 위에 얹은 뒤 들쭉날쭉한 것을 반듯하게 맞추었다.

"왜? 어차피 쏟아부을 걸 뭐 하려고 줄을 맞춰?"

나무라듯이 말하면서도 할머니 눈은 웃고 있었다.

"들레랑 이온이랑 또 김밥 먹으러 와."

"네, 할머니."

수하는 꾸벅 인사한 뒤 공원으로 갔다.

수하는 장미 터널로 들어서려다 멈추었다. 그리고 바닥에서 막대기를 주워 공원 이름 위로 늘어진 장미 덩굴을 걷어 올렸다. 막 푸르게 물이 오른 장미 가지에 감추어졌던 '희' 자가 얼굴을 쏙 내밀었다. 망한 공원이 드디어 제 이름을 찾았다.

희망 공원.

오늘 정자의 꽃병 주인공은 목련이었다. 목련 꽃봉오리가 옷 깃을 꽁꽁 여민 채 얼굴만 빼꼼 내밀고 있었다.

노숙자는 가로등 아래서 무언가 펼쳐 들고 있었다. 신문보다 크기가 작은 것으로 보아 생활 정보지인 듯했다.

수하는 꽃병에 카메라 앵글을 맞추었다. 멀리 노숙자의 옆모습이 작게 보였다. 수하는 구도를 신경 써서 셔터를 눌렀다.

얼마 전 수하는 사진 동아리에 들어갔다. 친구들에겐 제일 만만해 보여서라고 했지만, 사진을 제대로 배워 보고 싶었다. 모모, 소나무 숲, 민들레 할머니의 손수레, 춤추는 이온, 축구 하는 민들레, 희수 언니와 써니…. 작은 네모 안에 그들을 멋지게 담고 싶었다.

사진 동아리는 생각보다 재미있었고 선생님도 마음에 들었다. UFO라는 동아리 이름도 수하가 제안한 것이었다. 동아리 이름을 생각하면서 공원을 걷다가, 머리 위로 휙 스치는 새를 보고 떠올린 것이었다. Unique, Feeling, Object. 개성 있고 감각적인 대상. 이니셜에 맞게 꿰맞추고 보니 뜻도 꽤 그럴싸했다.

좋은 사진이란 어떤 것일까, 첫 시간에 선생님이 던진 질문에 여러 대답이 나왔다. 구도가 좋은 사진, 대상이 선명하게 드러난 사진, 순간 포착을 잘한 사진….

"여러분이 말한 것들이 모두 좋은 사진이에요. 그런데 나는 무엇보다 이야기가 있는 사진, 마음을 울리는 사진이 좋은 사진이라고 생각해요. 여러분이 어떤 대상을 사진에 담을 때를 생각해 보세요. 어떤 대상이 마음에 먼저 담기고 그것을 남기고 싶어서 카메라 셔터를 누를 거예요. 여러분이 찍은 사진에서 여러분 마음을 볼 수 있으면 좋겠어요."

동아리 회원들이 찍은 사진을 소개하는 시간에 교실은 웃음바다도 되고 울음바다도 되었다. 오래 키우던 강아지가 눈을 감기 전 마지막으로 가족에게 눈 맞춤하는 사진이랑 강아지와의 이별 이야기는 모두를 울렸다.

수하는 산수유 꽃병 사진을 올렸다. 그리고 나무늘보와 꽃병 이야기를 들려주었다. 핫 팩이랑 두유 한 병이 일으킨 작은 기적.

사진 동아리에 든 뒤, 수하는 서랍에서 잠자고 있던 디지털카메라를 꺼내 공원에 갈 때마다 들고 나갔다. 사진에 관심을 가진 뒤로 눈이 한 개 더 생겨난 듯했고, 무채색이던 세상이 색깔을 입은 것 같았다. 보도블록 사이에 핀 민들레, 유아차를 나란히 끌고 가는 할머니들, 작은 물웅덩이에 떠 있는 꽃잎들…. 전에 눈여겨보지 않았던 것들이 눈에 들어왔다.

수하는 장미 터널에 걸린, 이슬이 대롱대롱 맺힌 거미줄을 찍었다. 밤새 누군가 투명 구슬을 실에 꿰어 드림 캐처를 만들어 걸어 놓은 듯 신비로웠다.

"안녕?"

각도를 달리하면서 셔터를 누르고 있는데 이온 목소리가 들렸다.

"안녕? 열심이네."

조금 뒤 희수 언니 목소리도 들렸다.

수하도 그들에게 반갑게 인사했다.

불량 씨였던 걸까? 아니면 썩어 버려 흙 속에서 흔적도 없이 사라진 것일까? 씨를 심은 지 열흘이 되었는데도 바질 싹은 보이지 않았다.

수하는 조바심이 일었다. 기회가 영영 오지 않을까 봐. 입이 바싹 마르고 몸속의 장기들도 쪼그라드는 느낌이었다.

작은 희망, 스위트 바질의 꽃말. 바질 싹이 나오면 용기를 내 볼 생각이었는데….

희수 언니에게 그림 선물을 받은 날, 정인이가 자퇴한 것이 자신 때문인 것 같아 괴롭다고 하자 언니는 발끈했다.

"학교를 그만두고 나서 젤로 어려운 게 뭐였는지 알아? 사람들이 색안경을 쓰고 보는 거야. 학교 울타리 안에 있다고 다 괜찮은 게 아닌데, 거길 벗어나면 이상한 눈으로 봐. 난 학교 밖에서 길을 찾으려 했던 것뿐인데. 나는 바보같이 그 사람들에게 내가 실패자가 아니란 걸 증명하려다 하마터면 진짜 실패자가 될 뻔했어. 네 친구도 나처럼 학교 밖에서 길을 찾으려 했던 걸 거야. 그런데 네가 너 때문에 학교를 그만뒀다고 생각하면 그 친구의 신중한 선택과 결단을 깎아내리는 게 돼. 그건 그 친구에게 또 한 번 상처를 줄 수도 있는 거야. 친구를 도피자로 만드는 거잖아."

수하는 정인이에게 또 한 번 상처를 줄 수도 있다는 말에 머리가 쭈뼛 섰다.

희수 언니는 한결 부드러워진 목소리로 말했다.

"정인이라는 친구, 외로울 거야. 네가 먼저 손을 내밀어 주면 좋겠어."

수하는 희수 언니 말에 용기를 얻었다. 그래서 바질 싹이 나오는 때로 잡은 것이었다. 정인이에게 손을 내미는 날을.

오늘도 나무늘보는 보이지 않았다. 어제도 보이지 않아 어디에서 쓰레기를 줍고 있나 하고 둘러보았지만 볼 수 없었다. 수하가 공원에 나온 뒤로 늘 마주했던 풍경 하나가 사라졌다. 나무늘보가 노숙 생활을 청산한 걸까? 수하는 마음속으로 나무늘보에게 파이팅을 외쳤다.

나무늘보는 떠났지만, 정자 위에 꽃병은 그대로 있었다. 어제까지만 해도 꼭 다물고 있던 목련 꽃봉오리가 꽃잎을 반쯤 열었다. 꽁꽁 싸매고 있던 마음을 열 듯이.

수하는 벌어진 꽃잎 속에서 뾰족 내민 꽃술을 한참 들여다보았다. 수줍은 듯한 얼굴 너머의 당찬 모습. 노란 꽃술 위로 정인이 얼굴이 겹쳤다.

수하는 소나무 숲 오솔길로 접어들다 깜짝 놀랐다. 눈부시도록 앞이 환해서였다. 땅 가까이 늘어진 능수벚나무 가지에 분홍색 꽃망울이 가득했다. 공원에 거대한 샹들리에를 밝혀 놓은 것 같았다.

그 아래, 나무 그루터기 위에 모모가 앉아 있었다. 누군가 일부러 연출해 놓은 듯한 풍경에 탄성이 절로 나왔다.

수하는 화사한 꽃등과 요염한 모습의 모모에 카메라 앵글을 맞추었다. 가까이 당겨서도 찍고, 전경을 담기도 했다. 모모는 모델이 포즈를 취하듯이 이따금 이쪽저쪽으로 고개를 돌렸다.

'가끔은 세상이 나를 위해 마법을 걸기도 해.'

이온이 말한 그런 순간일까? 집 가까이 있는 희망 공원, 죽은 듯한 나뭇가지 가득 꽃망울을 매단 벚나무, 그 아래 요염하게 앉아 있는 모모, 때마침 터 오는 먼동, 그 앞에서 열심히 카메라 셔터를 누르고 있는 자신. 모든 게 마법 같았다.

무엇보다 지금 마구 설레는 가슴, 그것이야말로 진짜 마법이었다. 이곳으로 이사 올 때만 해도 상상조차 할 수 없던 것이었다.

눈물이 나오려 했다.

"아이고, 이뻐라! 세상에!"

모모를 사진에 담고 있는데 등 뒤로 이쁜이 할머니 목소리가 들렸다.

"안녕하세요?"

"안녕하세요?"

할머니도 환한 미소로 수하 인사에 답했다.

수하는 벚나무, 할머니의 뒷모습, 모모를 함께 카메라에 담았다.

사진을 찍은 뒤, 오솔길을 따라 걷는데 바닥에 까치 깃털이 있었다.

수하는 깃털을 주워 날개를 단 소나무 가지에 꽂았다. 그리고 사진을 찍었다.

콩나물밥으로 점심을 먹은 뒤, 엄마는 말없이 염색약이랑 빗, 비닐장갑을 수하에게 들이밀었다. 그리고 몸에 비닐을 둘러쓰고는 수하 앞에 앉았다. 엄마 등이 이렇게 조붓했던가.

"장갑 끼고 흰머리에 골고루 발라."

흰머리가 이렇게 많았나 싶을 정도로 엄마 머리가 하얬다.

"흰머리가 많네. 요즘 많아진 거야, 전부터 많았던 거야?"

수하는 염색약을 바르면서 물었다.

"둘 다."

엄마는 건조하게 대답했다.

"둘 다가 뭐야? 이거면 이거고 저거면 저거지."

"전에도 있었는데 더 많아졌다고."

엄마 말엔 살짝 신경질이 묻어 있었다. 건조한 것보다는 차라리 나았다. 독기도 일종의 생기였다. 바스러질 듯이 건조할 땐 생기라곤 티끌만큼도 없었다.

수하는 정수리부터 뒷머리 아래쪽으로 내려가면서 염색약을 바르다 흠칫 놀랐다. 뒷머리 중앙에 동전만 한 구멍이 뻥 뚫려 있었다.

"어? 머리에 왜 구멍이 났어? 여기에 머리가 없어."

수하는 손으로 엄마 뒤통수를 짚었다.

엄마는 말이 없었다.

"머리가 이만큼이나 비었다고!"

수하는 엄지랑 검지로 동그라미를 만들어 엄마에게 들이대며 목소리를 높였다.

"원형 탈모증인가 보지. 죽을병 아니니까 수선 떨지 말고 염색약이나 발라."

엄마는 대수롭지 않은 듯이 말했지만, 목소리가 흔들렸다.

바닥에 깔아 놓은 신문지 위로 눈물방울이 툭 떨어졌다. 엄마는 손으로 황급히 가렸다.

"앞으로 저녁 혼자 차려 먹어. 낼부터 식당에 나갈 거야."

엄마는 덤덤히 말했다.

엄마는 삼겹살 구이 식당에 나간다고 했다. 아빠 사업이 잘 풀리면서 식당 주방에서 해방되던 날 만세를 불렀던 엄마. 그런 엄마가 남의 가게 주방에 다시 가게 된 것이었다.

수하는 염색약을 바른 뒤 어깨에 둘렀던 비닐로 엄마 머리를 싸맸다. 전에 엄마가 할머니 머리를 염색해 줄 때 본 것처럼.

엄마는 방에서 무언가 가져오더니 툭 내밀었다.

"오늘 왔어."

아빠가 보낸 엽서였다. 아빠는 다랑어잡이 원양 어선의 요리사로 일하고 있다는 짧은 소식을 전했다. 돌덩어리처럼 굳은 가

일곱 번째 이야기, 바질의 마음

습이 눅진해지는 느낌이었다.

아빠는 이 세상에 있었다. 다행히 공원의 나무늘보가 되지도 않았다.

주르르 눈물이 흘러내렸다.

수하는 주방 창가에 둔 바질 화분을 들여다보았다. 여전히 감감무소식이었다. 물이 부족한 걸까? 아니면 너무 물을 많이 주어 씨앗이 녹아 버린 걸까?

분무기로 화분에 물을 뿌려 주고 있는데 엄마가 들어왔다. 한 손엔 두루마리 뭉치를, 다른 손엔 넓적한 양푼을 들고서.

두루마리를 풀자 연녹색 벽지가 도르르 풀려나왔다. 수하가 좋아하는 색이었다.

"나한테 묻지도 않고 벽지를 골라?"

수하는 벽지 색깔이 마음에 들면서도 짐짓 골난 듯이 투덜거렸다.

새 벽지가 점점 영토를 넓혀 갔다. 그럴수록 방패 뒤에 얼굴을 숨긴 병사들은 슬슬 꽁무니를 감추었다.

악몽에 시달리지 않고 푹 잔 게 얼마 만이던가. 눈을 뜨자 풀냄새랑 종이 냄새가 밀려왔다. 모처럼 몸이 가붓한 느낌이었다.

수하는 벌떡 일어나, 어젯밤 창가에서 책상 위로 옮겨 놓은 바질 화분을 보았다.

아! 음표 같은 새싹 네 개. 하나는 머리에 흙을 이고 있었다.

자세히 보니 두어 군데 흙이 봉긋 솟아 있었다. 깨알보다 작은 씨앗이 흙을 밀고 나오려고 안간힘을 쓰고 있었다. 마음이 찡했다.

수하는 스프레이로 바질 화분에 물을 뿌렸다. 행여 갓 나온 새싹이 물에 녹을까 조심조심.

이제 용기를 낼 때가 되었다. 바질이 싹을 틔웠으니까.

가슴이 두근거렸다.

수하는 정인이에게 톡을 보냈다. 전화해도 되냐고.

정인이는 카톡을 바로 읽었지만, 답이 없었다. 한 시간, 두 시간, 세 시간…. 속이 탔다. 마음의 빗장을 완전히 잠근 걸까? 이미 늦어 버린 걸까?

밤에 정인이에게 답장이 왔다. 아직 시간이 더 필요하다고.

수하는 기다리기로 했다. 바질 싹이 트길 기다린 것처럼. 바질이 싹을 틔우는 데 시간이 필요했던 것처럼 정인이가 마음을 여는 데도 시간이 필요할 것이다.

싹이 나온 지 2주일. 수하는 바질 화분을 주방 창가로 옮겨 주었다. 일어나면 가장 먼저 하는 일이었다. 오후엔 방 창가로, 저녁 땐 책상 위로 자리를 바꿔 주었다.

합장하듯이 두 손을 모으고 있던 바질 잎은 손바닥을 활짝 펼쳤다. 그 사이로 본잎이 젖니처럼 뾰족 돋아난 것도 있었다.

바질 줄기는 조금만 물이 많아도 금방 녹아 버릴 듯 여리디

여렸다. 그런데도 햇빛을 향해 필사적으로 몸을 구부렸다. 수하는 이따금 화분의 방향을 반대로 바꿔 주었다. 그러면 어느새 햇빛 쪽으로 또 구부러져 있었다. 마치 먹이를 받아먹으려는 새끼 새처럼 사력을 다했다.

바질의 마음. 희망을 향한 간절한 몸짓.

오후가 되어 수하는 화분을 들고 방으로 갔다. 희망 공원 쪽에서 창으로 들어온 햇살에 올리브그린 빛 벽지가 환히 빛났다. 수하는 바질 화분을 창가에 올려놓았다.

세모 방이 점점 어둠에 잠겼다.

희망 공원이 알을 품을 시간이었다.

공간.

유난히 양지발랐던 시골집의 별채 앞, 마당을 지나 밖으로 나가는 조붓한 길 끝 오동나무 꽃향기 그윽하던 곳, 소소한 이야기가 접힌 쪽지처럼 동네의 자질구레한 이야기들을 품고 있던 골목길, 일부러 도시락을 남겨 두었다 집으로 가는 길에 친구들과 함께 먹던 저수지 가의 왕버들 아래, 여름에 떡 감으러 가던 길의 높고도 긴 둑방, 마주하자마자 어떤 시원을 마주한 듯한 벅찬 감정에 감격의 눈물이 흘렀던 북방의 호수…. 특별하게 기억되는 공간들은 그에 마땅한 시간을 품고 있다.

학창 시절, 시골집의 빤한 공간에 변화를 주고 싶어 새 학년을 앞두고 책상을 자주 옮겼더랬다. 책상 위치 하나 바꾸었는데도 마치 새집으로 이사한 듯 마음이 설레서 며칠간은 공부가 썩 잘 되었던 기억이 선명하다. 작은 공간의 변화 하나로 낯선 곳의 바람이 몸에 닿은 듯이 기분 전환이 되었다.

'공간'이란 단어가 꽤 오래전부터 마음에 들어와 있었다. 그 단어를 생각하면 이상하게 '치유'란 말이 떠올랐다. 왜일까? 따스한 공간이 주는 위로 때문일까?

공간에 관한 이야기를 쓰기로 마음먹은 뒤, 새벽에 주섬주섬

옷을 챙겨 입고 공원으로 갔다. 공원 이야기를 쓰자고 작정하고 그리한 것은 아니었다. 다만 지속적으로 들여다볼 만한 공간을 찾다가 우연히 레이더망에 걸려든 것이었다. 시외버스 터미널과 가까운 도심 속의 작은 숲. 지역 문인(신동문 시인)의 시비와 지역 인사의 기념비가 나란히 있다는 것 외엔 별다른 것 없는 소박한 공원이었다. 그런데 그 별난 것 없는 공원은 신기하게도 밤새 알을 낳듯이, 갈 때마다 새로운 것들을 꺼내 보여 주었다.

그것들을 하나하나 꿰어 이야기를 만드는 일은 꽤 즐거웠다.

결국, 우리는 서로 닿아 있지 않은가. 보이게, 또는 보이지 않게. 오늘 내가 건넨 따스한 미소가 바람 따라 돌고 돌아 다시 내게로 오리란 것을 믿는다. 그와 마찬가지로 오늘 던진 차가운 말 또한 돌고 돌아 언젠가 다시 돌아올 것이다. 세상이 따스한 이유도, 세상이 차가운 이유도 결국 같은 이치 아닐까.

숨이 쉬어지지 않을 때, 사방이 얼음벽처럼 느껴질 때, 사각의 공간을 벗어나 밖으로 나가 보면 좋겠다. 이마에 비치는 따사로운 햇살이, 또는 뺨을 스치는 부드러운 바람이, 처음 만난 고양이의 다정한 인사가, 낯선 이의 작은 친절이 뜻하지 않게 위로가 되어 줄지도 모른다. 하필 매서운 바람을, 갑자기 쏟아붓는 소낙

비를 만나지 말라는 법은 없다. 그러면 나한테 도대체 왜 이러냐고 악에 받쳐 소리를 질러 보면 어떨까? 그때 온몸에 품은 독기가 오히려 앞으로 나가게 하는 에너지가 될지 누가 알겠는가.

이야기의 씨앗이 무럭무럭 자라도록 옆에서 많은 자극을 주신 도서출판 다른의 김한청 대표님, 그리고 책을 꼼꼼하게 편집해 주신 양희우 편집자님께 감사 인사를 드린다. 이야기의 산실이 되어 준 발산공원, 그리고 처음 본 순간 내게 다가와 다정하게 몸으로 인사를 건네준 흰 고양이, 철봉에 오래 거꾸로 매달려 있던 남자에게도 고맙다는 인사를 전한다.

이 책을 읽는 분들에게 공간이 선물처럼 안겼으면 하는 바람이다. 보이지 않는 다정한 고리들도 함께.

산수유 꽃망울 위로 소복이 눈 쌓인 봄날, 오미경

작가의 말

도넛문고
13

다른 인스타그램

뉴스레터 구독

망한 공원에서 만나

초판 1쇄   2025년 5월 26일

지은이   오미경

펴낸이   김한청
기획편집   원경은 차언조 양선화 양희우 유자영
마케팅   정원식 이진범
디자인   이성아 황보유진
운영   설채린

펴낸곳 도서출판 다른
출판등록 2004년 9월 2일 제2013-000194호
주소 서울시 마포구 동교로27길 3-10 희경빌딩 4층
전화 02-3143-6478 팩스 02-3143-6479 이메일 khc15968@hanmail.net
블로그 blog.naver.com/darun_pub 인스타그램 @darunpublishers

ISBN 979-11-5633-691-4 44810
     979-11-5633-449-1 (SET)

다른 생각이
다른 세상을 만듭니다